pas de climat, pas de chocolat
Christophe Léon

Pour Patricia

J'aime ceux qui pensent que la liberté n'est pas négociable.
Jean Vautrin
(La vie Badaboum)

Sept jours plus tard, vendredi

Je cours. Brusquement, je tourne sur la droite. Les passants s'écartent. J'ai l'estomac dans les talons. Les poumons au bord des lèvres. Je traverse la rue. Je change de trottoir. Coups de klaxon, une voiture pile. Je l'évite de justesse. Derrière moi des bottes, des rangers, frappent le bitume. Une rue sur la gauche. Je bifurque. Je n'ai qu'une envie, me retourner. Et voir. Je me retiens. Je cours. Regard vissé sur l'horizon macadamisé. J'halète. Mes cuisses sont douloureuses. Ma bouche est en feu. Un goût âcre sur la langue, je salive, je bave, j'écume. Mes yeux pleurent. Les larmes coulent sur mes joues, chassées par le souffle de ma course. Je dépasse un café. Des gens sont attablés en terrasse. Ils boivent, fument et parlent. Ils me regardent courir sans cesser de boire, de fumer et de parler. Je cours. Je slalome entre les voitures, une longue file à l'arrêt à un feu rouge. Je prends une rue transversale. Derrière, ils se rapprochent. Je voudrais accélérer. Je ne peux pas. Est-ce un souffle dans mon cou ? Combien de temps vais-je tenir ? Un point de côté me laboure le flanc droit. Ma vue se brouille, se noie dans les larmes. Je bouscule une vieille dame. Elle râle. Je cours. Mon sang bat dans mes veines, pulse à mes tempes. Ma tête est de plus en plus lourde, elle dodeline à chaque foulée. Les muscles de mon cou se contractent. Ma vision s'étrécit. Je tire sur les bras. Je déroule les chevilles. Pour une fois, les conseils du prof d'EPS me servent à quelque chose. Je cours. Et toujours cette présence que dans mon affolement

j'ignore. Le bruit des rangers dans mon dos m'obnubile. Hurler ? À quoi bon ? À droite, je tourne, vivement, au risque de chuter. Les immeubles qui m'entourent se referment sur moi. Impression. Ne pas lever les yeux. Vertige à l'envers. Je ne calcule pas le garçon. Je lui rentre dedans. Il pousse un cri. Son sac à dos pirouette dans les airs. Au ralenti. Le garçon tombe à la renverse et crie dans sa chute :
— Eh ! Tu pourrais t'excuser, merde !
Je l'enjambe. Le choc mat de son corps sur le sol ne m'atteint pas. À gauche, je fais un crochet. J'aperçois une enseigne lumineuse. Un Starbucks. Je passe devant. À l'intérieur, des jeunes. J'hésite à y entrer. À me fondre parmi les consommateurs. Ridicule. Je serais prisonnier d'une nasse. Cent mètres encore, j'ai dépassé le stade de la douleur. Mes jambes fonctionnent d'elles-mêmes. Je n'ai plus à réfléchir. Je suis une machine. Je cours. On hurle derrière moi. Les mots me parviennent hachés. Je ne veux pas savoir. Sentiment de solitude extrême. Sentiment de solitude extrême, malgré cette respiration, près de moi… Je cours. Hors d'haleine. À bout de souffle et de nerfs, j'avise une rue. Une impasse ! Trop tard quand je m'en aperçois. Le bruit des rangers à mes trousses a cessé. Je m'arrête. Devant moi, le mur crasseux d'un immeuble contre lequel sont empilés des sacs noirs remplis d'ordures. Plié en deux, je tente de reprendre ma respiration. Je tousse. Je bave. Mains sur mes genoux à demi fléchis. Parcouru d'une succession de frissons, soudain, j'ai froid. Je me redresse.
J'entends qu'on s'approche.

Six jours plus tôt, le samedi soir

Nous sommes assis autour de la table de la salle à manger. En semaine, nous dînons habituellement dans la cuisine. La nappe est recouverte d'une toile en plastique transparent. Mon père me fait face. Ma mère est à ma droite. Elle se lève, va chercher le plat principal et nous sert. Ce soir, nous avons droit à un petit salé aux lentilles. Nous sommes le troisième samedi du mois. Le premier, maman cuisine du boudin aux pommes. Le second, des côtes de porc et des patates sautées. Le quatrième, un gâteau limousin à la viande hachée. Rituel immuable auquel nous sommes abonnés et dont nous ne nous plaignons pas. Ma mère est creusoise et mon père originaire du sud de l'Italie. Mes parents se sont rencontrés chez des amis communs, il y a vingt-cinq ans. Ils se sont mariés six mois plus tard. Je suis l'unique rejeton de ce couple. Je m'appelle Tristan. J'ai seize ans. Je suis en Première au lycée Nelson Mandela. Papa est brancardier à l'hôpital Dupuytren. Maman travaille aux Petites Frimousses, une crèche municipale. Le week-end, la télé n'est pas allumée. Nous n'en avons qu'une et elle se trouve dans la cuisine. C'est la coutume de ne pas regarder les infos à table le samedi et le dimanche. Nous nous racontons notre semaine passée. Je ne dis pas que c'est passionnant, mais au moins nous communiquons. Plus jeune, j'aimais bien ces moments d'échanges. Aujourd'hui, ça me gonfle un peu. J'ai hâte de retourner dans ma chambre, de jouer à la console ou de discuter avec mes amis sur mon portable. Les parents, au fil du temps, deviennent pesants, pour ne pas dire embarrassants. Les anecdotes de mon père à l'hôpital ne m'amusent plus. Les histoires de mômes baveux et morveux de ma mère me soûlent. Nous évoluons dans deux mondes parallèles et rarement raccords. Je les aime, bien sûr. Ce sont mes parents. Mais parfois, je voudrais qu'ils pensent autrement. Ils sont toujours là à s'inquiéter pour moi, pour mon avenir et, le pire, pour ma moyenne en classe. Cette sacro-sainte moyenne générale ! Le paradis quand elle est bonne. La fin du monde quand elle plonge. Il y a tellement de choses plus importantes que mes notes... Justement, aujourd'hui, je dois les informer d'une nouvelle qui m'excite bien plus.

J'ai mangé toutes mes lentilles et repoussé la viande sur les bords de mon assiette. Papa ne me reprend plus, ni ne me fait de commentaires désagréables. Mais je suis convaincu qu'il n'en pense pas moins.

— Je dois vous avertir…

Mon père lève un œil vers moi. Maman pose ses couverts. Je la sens méfiante. D'ordinaire, ce genre d'annonce est suivie d'une demande d'argent de poche ou d'autorisation de sortir en soirée pour une fête quelconque. Il faut négocier les horaires et la somme. Attendrir, promettre, mentir, rassurer. Et j'ai horreur de mendier. Donc, ils attendent la suite et affûtent sans doute leurs arguments pour refuser ou, au mieux, restreindre les faveurs qui me seront consenties, mais cette fois, il ne s'agit pas de cela.

— Lundi, je vais rentrer un peu plus tard du lycée. Peut-être même après 19 heures. Ça dépendra...

Mon père se prénomme Alberto, ma mère Rosy. Lui, fronce les sourcils. Elle, me sourit aimablement et demande d'une voix douce :
— Pourquoi ? Il y a un problème ?
— Non. Mais j'ai une AG à 17 heures, après les cours.
Mon père reprend une bouchée de petit salé et mâche consciencieusement. Je connais cette façon de faire. Quand, à table, quelque chose le chagrine, il mastique. Longtemps. Férocement. Il passe ses nerfs sur la nourriture.
— Une AG ? *Une assemblée générale*, c'est ça ?
— Oui.
Ma mère me considère avec circonspection.
— Une AG de quoi ? interroge mon père, la bouche pleine.
Le postillon d'une bouillie de viande et de lentilles s'envole et s'écrase sur la table. Personne ne relève.
— On se réunit après le bahut pour discuter de la manifestation de vendredi, je dis, les yeux fixés sur le postillon comme si je m'adressais directement à lui.
Mon père pose ses couverts de part et d'autre de son assiette. Il avale sa dernière bouchée et déglutit. Sa glotte va et vient sous la peau tendue de son cou.
— Il y a une grève vendredi ?
Il a posé la question d'une voix un peu trop pointue à mon goût.
— Il y a un mot dans ton carnet ?
Ma mère est l'élément rationnel de la maison. Il faut que chaque chose soit à sa place, sinon elle a l'impression de perdre le contrôle. Elle est d'un naturel angoissé. Un mot

dans mon carnet et il n'y aura plus à discuter. La chose sera officielle, dûment approuvée par l'autorité compétente. Je serai en règle.

— Non. C'est nous qui organisons la manifestation de vendredi...

Je m'exprime de la manière la plus détachée possible. Il n'y a rien de plus banal que des lycéens qui descendent dans la rue un vendredi, n'est-ce pas ? Je n'ai pourtant jamais participé à la moindre manifestation. Je m'en suis toujours tenu à l'écart, sûrement par timidité. Mais, cette fois, mes raisons vont un peu plus loin que le simple fait de manifester. Raisons que je garde pour moi et qui ne concernent pas mes parents.

— Manifester ? s'inquiète mon père.

Je n'aime pas son petit sourire condescendant.

— Manifester pour quoi ? renchérit ma mère.

Toujours le côté pragmatique de maman et je lui en sais gré. Elle me donne l'occasion de m'expliquer avant que papa n'ajoute une vacherie sur les manifestations, ma position de mineur dépendant, mon immaturité ou je ne sais quoi encore. Mon père ne supporte pas l'imprévu. Il aime l'ordre et sa tranquillité. Je ne crois pas qu'il ait jamais revendiqué quoi que ce soit publiquement. Mon père est un Italien ténébreux. Il estime que chacun doit se débrouiller avec les cartes que lui a distribué la vie. Il faut travailler dur, être persévérant et ne pas faire de vague inutilement pour réussir. Le problème est que je ne vois pas de quelle réussite il parle.

— Pour le climat, je réponds froidement.

— Quoi ? Le climat de quoi ?

Il fait l'idiot. Il a très bien compris de quoi il est question. Lui qui ne jure que par BFM TV... Mais s'il faut lui mettre les poings sur les i, alors allons-y franchement :
— Oui, pour le climat... Vous avez sûrement entendu parler de Greta Thunberg, non ? Eh bien, vendredi prochain, à son initiative, une nouvelle marche pour le climat est organisée, comme chaque semaine partout en Europe. Les lycéens de plusieurs pays seront dans la rue pour que nos dirigeants prennent conscience du changement climatique et agissent enfin…
Est-ce que je récite ma leçon ? Je ne me sens pas très à l'aise dans cet exercice. Je n'ai jamais été un grand orateur.
— Et en quoi es-tu concerné ? grommelle mon père entre ses dents.
Il n'a toujours pas repris ses couverts. Les restes de son petit salé refroidissent dans son assiette. Ce n'est pas bon signe.
— Je suis un de ceux qui participent à l'organisation de la manifestation pour notre lycée. Il faut qu'on coordonne notre action.
— Coordonne notre action… Ton fils cause comme un syndicaliste, raille mon père.
Ma mère sourit. Ni lui ni elle n'ont jamais adhéré à aucun parti ni à aucun syndicat. « Chacun chez soi et les moutons seront bien gardés », selon l'adage paternel.
— C'est sérieux, papa. Les jeunes réfléchissent à leur avenir. À la planète. Nous n'en avons qu'une et…
— Écoute, Tristan… me coupe-t-il.

Nous y sommes. Je vais avoir droit au sermon de mon père. Je me rencogne sur ma chaise, fataliste.
— Je n'ai rien dit quand tu as décidé de ne plus manger de viande. J'ai cru que c'était une lubie. Mais non... tu continues. D'accord, fais à ta guise, ça te passera avant que ça me revienne, crois-moi. Mais ton histoire de manifestation, là, je dis non. Hors de question. Tu imagines vraiment qu'une poignée de jeunes qui braillent dans la rue va changer quelque chose au climat ?
Je m'apprête à lui répondre, mais il lève la main pour m'arrêter.
— J'ai pas fini. Tout ça, ta Thunberg et le reste, c'est que du flan. Quoi que tu fasses, ce sont toujours ceux qui nous dirigent qui au bout du compte décident. La Thunberg, c'est une mode. Comme l'était Hulot, ou d'autres avant lui. Dumont et son verre d'eau en 74…
J'ouvre de grands yeux. C'est qui ce Dumont ? Première fois que j'en entends parler.
— Bah, laisse tomber, tu ne connais pas, tu es trop jeune, continue mon père. Mais tu crois franchement que la société changera parce que de jeunes étourdis manipulés par une Suédoise manifestent dans la rue ? Au nom d'une Greta en mal de starification, juste parce qu'elle est jeune, autiste et écologiste ? Laisse-moi rire, veux-tu. La seule chose réaliste pour ton avenir c'est de travailler, de te forger un bagage, des diplômes et alors, peut-être, de prendre la place de ceux qui gouvernent, et c'est seulement dans ces conditions que tu pourras changer le monde. Sinon, vos histoires, c'est comme pisser dans un violon en espérant jouer du Mozart…

— L'avenir ? je le reprends. De quel avenir parles-tu ? S'il n'y a plus de planète, si le climat devient catastrophique… Ce sont tes idées simplistes qui brassent de l'air, papa. Qui d'autre que nous, les jeunes, devra faire face au monde que vous, les vieux, vous nous laissez en héritage ?
— Arrête de rabâcher ce que racontent les extrémistes écolos ! Vous vous gavez de slogans. C'est que des conneries…
Il est rare que mon père emploie des gros mots. Il n'en utilise que quand la colère le submerge. Je le sais. Ma mère le sait. Alors elle intervient aussitôt.
— Bien, si vous avez terminé, on passe au dessert. J'ai fait un gâteau creusois. Tout le monde aime ça, n'est-ce pas ?
Son ton est enjoué, mais sa mine est grave. Elle tente sans conteste de désamorcer l'engueulade qui couve entre mon père et moi. Elle se lève et empile nos assiettes, puis elle nous regarde longuement, chacun notre tour.
— Je vais chercher le gâteau et les assiettes à dessert à la cuisine. D'ici-là, je ne veux pas vous entendre. Capito ?
Quand elle utilise de l'italien, c'est que l'affaire est grave et que nous avons intérêt à nous tenir à carreau. Le risque encouru est qu'elle s'érige en juge de paix et nous condamne tous les deux à la soupe à la grimace pour le reste du week-end.
Ma mère s'éclipse après nous avoir toisés une dernière fois, de cet air comminatoire dont elle joue si bien. Papa et moi restons sagement à notre place, pareils à deux chiens de faïence qui se font face.
— Pas question que tu rates les cours vendredi prochain…
Je te le garantis, susurre-t-il.

— Et pourquoi ? je réponds à mi-voix.
— Parce que c'est comme ça.
— C'est du fascisme…
Mon père s'empourpre. Il fait son maximum pour ne pas exploser et me crier dessus. Lui, l'Italien, le fascisme, il en sait quelque chose. Ses grands-parents ont fui la Péninsule à cause de Mussolini et des Chemises Noires. Je me doute qu'en appuyant sur ce bouton, je vais le faire grimper aux rideaux. Mon rapprochement est idiot, mais mon père m'énerve tellement à cet instant que je n'ai pas pu me retenir.
— Alors ? Réconciliés ?
Ma mère est de retour, le gâteau et les assiettes à dessert entre les mains, mettant ainsi un terme à notre affrontement stérile. Elle dépose le tout au centre de la table.
— Alberto, tu le découpes ce creusois ?
Elle lui tend un couteau.
— Tu as chaud, chéri ? Tu es tout rouge… remarque-t-elle.
Mon père me jette un coup d'œil furibond et s'empare du couteau. Il partage le gâteau avec autant de délicatesse que s'il tronçonnait un arbre.
— Hé ! Vas-y doucement ! s'écrie maman. Tu vas le réduire en miettes…
Une fois le gâteau tronçonné, elle nous en sert une part. La plus grosse pour papa, histoire d'essayer de l'amadouer. Maman, elle, n'en prend pas. Elle fait attention à sa ligne. Passé la cinquantaine, elle a peur de grossir. Son maillon faible, c'est son poids. Mon père la charrie souvent à ce

sujet. Il assure que plus il aura de kilos de Rosy, plus il sera heureux.

— Allez, mangez pendant que c'est froid !

La blague de ma mère tombe à plat. Ni moi ni papa n'esquissons le moindre sourire. Nous avalons le creusois en silence. L'orage gronde dans nos têtes, mais ma mère est là pour veiller au grain.

— Tristan, tu m'aides à débarrasser la table, dit-elle une fois que nous avons terminé d'ingurgiter notre part de gâteau. Alberto, tu veux bien descendre la poubelle ? Elle est pleine. Je l'ai mise devant le frigo.

Maman est passée maître dans l'art du déminage. Elle sépare les combattants en douceur. Pas de perdant. Pas de gagnant. Mon père se lève, grogne quelque chose d'inaudible et nous quitte. Maman me fait signe de rester assis. Nous attendons qu'il soit parti pour commencer à nous occuper de la table.

— Après, tu files dans ta chambre, Tristan. Pour ce soir, j'en ai assez entendu. On reparlera tous les deux demain de ton histoire de manifestation. Je ne veux pas que tu gâches ma soirée avec ton père.

J'acquiesce d'un signe puis la suis à la cuisine. Papa prend un temps fou pour jeter la poubelle à la cave. Quand nous avons fini, maman dépose un baiser sur mon front et me commande :

— Allez, ouste ! Du balai avant que ton père ne remonte ! Inutile de le faire poireauter trop longtemps entre deux paliers. Je vais entrouvrir la porte pour qu'il sache que la voie est libre.

Ce n'est pas la première fois que ce genre de situation se produit. Ce petit jeu de chaises musicales est bien rôdé entre nous.
— D'accord, maman.
Complices, nous nous sourions.

*

Allongé sur mon lit, je reçois un appel vidéo de Nina sur WhatsApp. Nina est arrivée dans ma classe une semaine après la rentrée de septembre. Elle débarquait de l'île de La Réunion. D'un coin qui s'appelle Saint-Gilles-les-Bains. J'ai fait une recherche sur Internet — plutôt paradisiaque, le coin… D'après la rumeur, ses parents y ont vécu une dizaine d'années. Je dois admettre que son apparition en classe n'est pas passée inaperçue. Elle arborait un tee-shirt sur lequel était écrit : Nobody knows I'm a lesbian. Même les plus réfractaires à l'anglais ont pigé en se demandant néanmoins si c'était du lard ou du cochon. Certains enseignants n'ont pas vraiment trouvé ça du meilleur goût. La prof principale lui a demandé de ne plus venir au lycée affublée de ce tee-shirt. Ils ont prétexté un article du règlement intérieur en rapport avec la tenue vestimentaire correcte des élèves. Le lendemain, elle portait un nouveau tee-shirt avec floqué sur la poitrine : Destroy my ass not my Earth. Les parents ont été convoqués illico. Il semblerait que la discussion ait été houleuse.
— Salut Tristan.
À l'image, Nina a tiré ses cheveux en arrière. Elle est rouquine, et son visage est constellé de taches de rousseur. Deux fossettes creusent ses joues quand elle sourit. Elle

est âgée de seize ans comme moi. J'en suis tombé amoureux au premier regard. Tous les garçons ont le béguin pour elle. Sauf, bien entendu, les deux ou trois gros beaufs de la classe qui ne se gênent pas pour la traiter de gouine dans son dos. Dans son dos parce que Nina n'est pas du genre de celle qu'on insulte en face. C'est une guerrière. Une militante aussi. Elle est à l'origine du projet de marche pour le climat dans notre lycée.
— Salut Nina. Quoi de neuf ?
Nous avons convenu de nous joindre ce soir pour régler les derniers détails de l'AG de lundi. Je suis un grand timide. En temps normal, jamais je n'aurais envisagé une seule seconde de participer à cette manifestation. Quand elle a demandé à quelques-uns, dont moi, s'ils voulaient l'aider, j'ai répondu immédiatement et sans réfléchir que j'en étais. Je suis vraiment amoureux d'elle, y a pas de doute. Toutes les occasions sont bonnes pour me retrouver en sa compagnie.
Nous étions donc quatre devant le lycée à avoir répondu favorablement à sa demande. Trois filles et moi. Nina nous a expliqué son projet. Comment elle comptait organiser la marche pour le climat au lycée Nelson Mandela. C'était carré et efficace. Nous devions convenir d'un parcours, de la sécurité et du dépôt en préfecture d'une demande d'autorisation administrative. Nina avait pensé à tout. Nous avions aussi pour tâche de transmettre l'info et de rameuter nos condisciples.
— J'ai pas trop le temps, m'avertit Nina. Tout est en place pour lundi. J'ai fait des photocopies de l'ordre du jour. Je vous envoie ça par mail, aux filles et à toi. J'espère qu'on

aura un peu de monde... Et toi, tes parents, tu les as avertis ?

Nina n'a aucun souci avec les siens. Ils la poussent même à prendre des initiatives. Je ne les connais pas ni ne les ai jamais vus. Elle en parle peu, mais toujours positivement.

— Ouais, je viens de le faire. Mon père n'a pas trop apprécié, mais bon, ça va se tasser. Ma mère va arrondir les angles, j'espère.

— Écoute, dit Nina, faut leur expliquer les enjeux. Ils ne sont pas stupides. C'est pas comme si tu séchais pour aller pécho une nana ou boire des bières avec des copains…

Je rougis. J'espère que ça ne s'est pas vu à l'écran. La seule nana que je veux pécho, c'est elle, bon sang ! L'idée que je ne lui ai jamais demandé si elle est véritablement lesbienne me traverse l'esprit. Je ne l'ai jamais vue avec une autre fille. C'est troublant. Et puis compliqué, aussi.

— Notre problème à nous les jeunes, continue Nina, c'est de ne pas avoir, ou alors si peu, de passé, mais fondamentalement un futur. Les vieux ne peuvent pas nous comprendre et quand ils dilapident notre planète, ils le font les yeux braqués sur leur passé, quasiment aveugles à ce qu'ils nous laissent comme avenir. Détruire c'est facile, n'importe qui en est capable, mais construire c'est nettement plus compliqué. Refaire c'est toujours impossible. Je te passerai des écrits de Lanza del Vasto, un pacifiste écologiste. Tu connais ?

L'érudition de Nina est sans fond, et à mieux la connaître je me sens souvent largué. Elle lit, beaucoup. Elle ne la ramène jamais, mais quand elle parle on se sent parfois idiot. Elle n'a pas la télé chez elle et ne joue pas aux jeux

vidéo. Elle est végétarienne et antispéciste, se déplace à vélo comme ses parents et recycle ses déchets qu'elle minimise au maximum. Elle pourrait être la caricature de l'écolo-bobo-casse-bonbon, mais elle est incroyablement moderne.
— Vaguement... je dis, histoire de ne pas paraître totalement inculte.
Plus tard dans la soirée, je chercherai sur Wikipédia des infos sur ce type et je trouverai, entre autres, ceci : « […] l'absolu par soi-même se pose : c'est la relation. Paraphrase thomiste de la causa sui de Spinoza inspirée à Lanza del Vasto par la conception einsteinienne de la nature comme un ensemble de variations déterminées par la structure d'un champ de relations et non comme un aléa empirique ». Autant dire que j'aurais mal aux dents en essayant de piger…
— En tout cas, quoi que mes vieux en pensent, j'en suis, j'ajoute pour affirmer mon adhésion à son projet.
L'image de Nina à l'écran acquiesce. Nous discutons encore pendant quelques minutes des détails de l'organisation de l'AG et de la marche pour le climat avant de nous quitter.
— Bon, faut que j'y aille, dit-elle. À plus, alors...
Nina coupe la communication avant que j'aie eu le temps de lui dire au revoir et… Et quoi ? Que je l'aime ? Qu'elle est extraordinaire ? Que je suis quand même pas si mal ? N'importe quoi ! J'en suis là de mes réflexions quand on toque à ma porte.
— Oui !
Ma mère passe la tête dans l'entrebâillement.

— Je ne te dérange pas, Tristan ?
— Non, maman. J'ai fini de discuter avec Nina.
— Ah ! Nina… fait-elle, comme si je venais de lui annoncer une formidable nouvelle.
— Qu'est-ce qu'il y a ? je demande, avant qu'elle ne parte dans un délire du genre « C'est ta petite copine, n'est-ce pas ? »
— J'ai parlé à ton père.
— C'est bien que vous arriviez encore à vous parler après tant d'années de mariage...
Maman sourit à ma plaisanterie. Je suis convaincu qu'elle, elle ne plaisante pas et trouve que oui, c'est chouette de ne pas se lancer la vaisselle à la figure après tant d'années de vie commune. Au moins, et j'en suis heureux, mes vieux ne restent pas ensemble « pour les enfants… »
— Nous sommes tombés d'accord. Tu peux aller à ton AG lundi en fin d'après-midi. Pour la manifestation de vendredi prochain, papa aura le temps de digérer l'info. D'ici-là, je pense que ça ne posera plus de problèmes. Je me doute même qu'il est plutôt fier que son fils ait une conscience éthique et s'investisse dans un projet de société. Mais ça, il ne l'avouera jamais.
Je m'abstiens de lui dire que, de toute façon, je n'attendais pas leur bénédiction.
— Merci, maman.
Elle va pour refermer la porte quand j'ajoute :
— Dis, tu connais Lanza del Vasto, toi ?
Ma mère rouvre en grand la porte, plutôt surprise par ma question.

— Le philosophe italien ? répond-elle après quelques secondes de réflexion. Celui qui a écrit Technique de la non-violence. L'ami de Gandhi. Oui, pourquoi ? J'ai lu deux-trois trucs de lui quand j'étais étudiante.
— Pour rien, je dis.
Elle m'interroge du regard.
— Bon, je peux y aller maintenant ?
Elle n'attend pas ma réponse et s'en va en refermant doucement la porte.
Rectification, je connais une autre fille aussi incroyable que Nina : *Rosy*.

Cinq jours plus tôt, dimanche

— Tristan, Tristan, Tristan…
Ma grand-mère Rolande a pour tradition de multiplier mon prénom à l'infini. Impossible de se contenter d'un seul Tristan. Il lui en faut un chapelet qu'elle égrène comme autant de douceurs offertes en pâture à son auditoire.
Un dimanche sur deux, nous déjeunons chez Rolande. Elle prépare le repas tandis que Rosy, sa fille, s'occupe d'amener le dessert. Ces matins-là, maman se lève tôt. Elle déjeune d'une tasse de café noir sans sucre, puis s'attaque au moelleux au chocolat et mascarpone, au Molly Cake ou autre Paris-Brest crémeux à souhait. Rolande n'aime que les gâteaux charpentés qui assoient les fins de repas et vous laissent sur le palais un film gras. Petit, j'aidais maman à peser la farine, casser les œufs ou encore battre les blancs en neige. Aujourd'hui, j'ai un mal fou à me lever. Devoir me réveiller aux aurores en semaine pour partir au lycée me suffit. Le week-end, je pionce. J'en écrase des kilos et malheur à celui ou à celle qui tenterait de me ranimer.
— Oui, grand-mère... je lui réponds, sans rien ajouter ni présumer de la suite qui ne va pas tarder.
Nous venons de terminer le mille-feuille, œuvre spectaculaire et appréciée de la pâtissière en chef, ma grand-mère. Rolande s'est essuyé la bouche en rotant discrètement dans sa serviette. Mon père, qu'elle appelle mon gendre avec une imperceptible expression de dégoût, s'est adossé sur sa chaise, repu. Entre eux, il s'agit d'un

jeu incessant du chat et de la souris. C'est à celui qui provoquera l'autre. Du côté de Rolande, la taquinerie est souvent vacharde. Chez mon père, la riposte est plutôt humoristique, bien qu'il me semble parfois qu'il se retienne d'envoyer paître sa belle-mère. « Pousser mémé dans les orties », comme il dit hors de sa présence, dans la voiture, quand nous rentrons de chez Rolande et que celle-ci lui a mené la vie dure.

— Et si nous allions faire un tour d'étang pour digérer ? propose Rolande.

La fameuse balade d'après déjeuner, qui est aussi un rituel immuable, tout comme la partie de Scrabble qui suivra au retour. Ma grand-mère approche de ses 75 ans. Ses jambes souffrent d'œdèmes et il lui faut marcher, exercice qu'elle n'aime pas. Rolande préfère cent fois la lecture, assise dans son fauteuil relax, les jambes étendues, un coussin dans le creux des reins. Ou mieux, tricher au Scrabble en inventant des mots. Quand papa regimbe, elle lui demande de quel droit un Italien la reprend sur la langue française qu'il maîtrise par ailleurs si mal. Dans ces moments-là, où les orties ne sont pas loin, l'art consommé de maman pour la négociation permet d'éviter un drame.

— Je vais chercher votre manteau, propose mon père.

— Laissez, mon gendre. Aujourd'hui, j'aimerais que seul mon petit-fils m'accompagne. Nous avons à parler tous les deux.

— Mais maman, intervient ma mère. Nous aussi on voudrait bien digérer. On peut discuter tous ensemble, non ?

Ma mère ne supporte pas d'être mise à l'écart par la sienne. C'est étonnant comme elle redevient gamine en présence de Rolande. Je ne reconnais plus la femme sûre d'elle et capable de remédier à toutes les situations.
— Eh bien, va faire la vaisselle avec ton mari, ça te fera bouger et digérer tout aussi sûrement. Moi, aujourd'hui, je réquisitionne mon Tristan. Allez gamin, hop ! On y va.
Rolande a toujours refusé de s'équiper d'un lave-vaisselle. Elle vit seule et ne voit pas l'utilité d'un tel bazar. Hector, mon grand-père, est mort d'une crise cardiaque quand j'avais 6 ans. Ses énormes moustaches tombantes me piquaient les joues quand il m'embrassait. Ils les appelaient ses bacchantes. Il avait aussi cette manie de porter une main à son entrejambe pour remonter ses parties. Il n'y a pas longtemps, papa a rappelé ce souvenir à maman. Elle a affirmé ne plus s'en rappeler. Elle mentait. Je suis certain que ce tic lui a toujours déplu. Comme il me déplaît d'assister au curetage de ses dents par mon père après avoir mangé. Les bruits de succion quand il a fini de farfouiller dans sa bouche me sont insupportables.
Rolande et moi nous levons. Elle va dans sa chambre chercher son manteau et moi le mien dans l'entrée. Maman en profite pour me rejoindre.
— Tu fais bien attention à ta grand-mère. Qu'elle ne tombe pas ou ne se torde pas quelque chose. Tu…
Soudain elle se tait. Rolande est de retour.
— Rosy ! Cesse d'embêter mon petit-fils ! dit-elle, sur un ton faussement fâché. Tristan, Tristan, Tristan… filons avant que tes parents ne nous collent aux basques.

Nous sortons. Dans mon dos, maman nous apostrophe :
— Et surtout soyez prudents !
— Cause toujours et bois de l'eau, murmure Rolande, suffisamment fort pour que je l'entende.
Nous traversons la rue bras dessus bras dessous, et nous retrouvons bientôt sur le chemin. Il rejoint l'étang à travers un petit bois de conifères et en fait le tour. La pièce d'eau a la forme d'une noix de cajou. Ses abords sont plantés de roseaux. L'étang abonde de myriophylles, cératophylles, callitriches et potamots. Autant de noms de plantes que je connais grâce à Rolande qui m'en a fait l'énumération à de nombreuses reprises.
— Ah ! Ta mère... Elle me prend pour une grabataire ou quoi ? Dis-moi, Tristan, tu la supportes, toi ?
Que répondre ? Je choisis de me taire. Nous avançons sans nous presser. Il fait doux. Une légère brise soulève les feuilles des arbres. Rolande respire bruyamment. Marcher lui demande un effort. Pourquoi donc voulait-elle que nous soyons seuls tous les deux ? Ce n'est arrivé que deux fois depuis que nous déjeunons le dimanche chez elle. Ma grand-mère désirait se confier à moi. La première fois parce que l'une de ses amies était morte et qu'elles avaient le même âge. Rolande m'a demandé si j'avais peur de mourir. La seconde, elle croyait que mes parents allaient divorcer. Quelle imagination ! Tout ça parce qu'ils s'étaient disputés à table devant elle pour une sombre histoire d'aile froissée. Maman avait légèrement embouti la voiture en se garant. Papa avait insinué qu'elle était incapable de conduire correctement.
— Ça va, grand-mère ?

Nous arrivons à l'étang. L'air est plus humide. À la surface de l'eau, des gobages forment des ronds qui s'évasent avant de se diluer dans l'élément liquide. Il y a peu de monde. Une famille avec des enfants grimpés sur des vélos à petites roues stabilisatrices à l'arrière s'avancent dans notre direction. Quand ils nous croisent, Rolande me retient. Elle m'empêche de m'écarter pour les laisser passer. Son bras crochète le mien avec davantage de vigueur.
— La contraception, ils connaissent ? siffle-t-elle entre ses dents.
Je serre les mâchoires et baisse les yeux. Pourvu qu'ils ne l'aient pas entendue. Rolande a parfois de ces sorties saugrenues. Elle n'a pas la langue dans sa poche, mais c'est aussi pour ça que je l'aime, même si ça me met souvent mal à l'aise.
— Tu sais Tristan, avec les années on peut tout se permettre, m'a-t-elle dit un jour. Les gens n'oseraient pas reprendre une vieille femme. On appelle ça le privilège de l'âge. Et je peux te dire que j'en profite à mille pour cent. Il y a deux périodes dans sa vie qui sont merveilleuses et pendant lesquelles tout est permis. Les deux présentent les mêmes symptômes : on se pisse dessus. Lorsqu'on est jeune enfant et quand on est un vieillard. Dès que c'est terminé, soit on est devenu grand soit on est mort.
Rolande était partie d'un rire tonitruant. J'avoue que son explication m'avait perturbé. Son franc-parler est souvent désarçonnant.
— Et si nous allions nous asseoir là-bas, sur ce banc ?

Ma grand-mère dévie et m'entraîne dans l'herbe tendre et humide jusqu'au banc désigné. Elle lâche mon bras, fouille dans la poche de son manteau et en sort un mouchoir de la taille d'une serviette de table. Elle essuie l'assise du banc, vérifie d'un doigt s'il est sec et s'assoit en soupirant.
— Tu vois, Tristan, Tristan, Tristan... prendre du poids et du cul a ses avantages, dit-elle en repliant son mouchoir en quatre. J'ai un bon coussin de graisse sous les fesses et je ne crains pas ce bois dur qui me mâchait le croupion quand j'étais plus jeune. Allez, assieds-toi maintenant, tu me donnes le mal de l'air à rester debout. Tu n'as pas vocation à faire une carrière de stewart, n'est-ce pas, mon petit ?
Je souris à sa plaisanterie et lui obéis. Une fois installé à côté d'elle, Rolande me tapote la cuisse du plat de la main.
— Alors, dis-moi un peu, c'est quoi ces histoires que ta mère a racontées à table tout à l'heure ? On avait l'impression que ton père avait gobé une grenouille par les pattes arrière...

*

La famille qui nous a croisés tout à l'heure repasse en sens inverse. L'un des enfants marche en boîtant. Son père se charge de son vélo qu'il tient à bout de bras. Le genou droit du môme est couronné. Il a dû tomber et pleurniche en ravalant sa morve.
— Dégueulasse, lâche Rolande.
Quelques instants plus tôt, je lui ai expliqué en détail ce que ma mère a survolé à table. Vendredi, je manifesterai dans la rue pour le climat. D'ici-là, j'aurai une AG et

certainement d'autres rendez-vous avec Nina et les filles pour caler les derniers détails. Rolande a acquiescé d'un bref signe de tête. Depuis, c'est silence radio. Rolande est plongée dans ses pensées. Elle finit par s'agiter sur le banc. Ce sont d'abord ses mains et ses doigts. Elle pianote sur ses cuisses. Puis, sa tête semble suivre le rythme d'une musique silencieuse. Bientôt, elle sourit. Ses yeux qu'elle gardait clos s'ouvrent. Son visage prend une expression satisfaite.
— C'est qui cette Nina ? demande-t-elle de but en blanc.
— Une copine de classe.
— Une copine ?
— Ben oui...
Rolande tourne la tête vers moi. Son sourire a disparu. Elle m'observe avec gravité.
— Tu me prends pour une demeurée ?
— Quoi ? Mais non !
De nouveau, elle regarde droit devant elle. Au-dessus de nos têtes, un nuage stationnaire dessine une flaque sombre autour de nous. Rolande marmonne quelque chose entre ses dents que je ne saisis pas.
— Qu'est-ce que tu dis ?
— Tristan, Tristan, Tristan...
Elle n'ajoute rien et ça me fout carrément en rogne. Je me lève et fais mine de partir. Il n'y a qu'à finir cette balade et rentrer.
— Assieds-toi ! me commande Rolande.
J'obtempère parce que je sais que lui résister ne sert à rien. Je l'ai déjà vue à l'œuvre quand on s'oppose à elle. Autant

dire qu'on se retrouve face à un rouleau compresseur et qu'on en prend pour son grade.
— Mai 68, ça évoque quelque chose dans ta petite caboche ?
Je me rassois sur les pointes des fesses.
— Vaguement…
— Qu'est-ce qu'on vous apprend en classe ? Hein ?
— Je vois pas de quoi tu parles là, grand-mère. Bon, on y va ?
Rolande ne bronche pas, véritable statue de marbre.
— J'avais 23 ans en mai 68 et je finissais ma philo à Paris, embraie-t-elle sans tenir compte de ma remarque. Eh oui, moi aussi j'ai été jeune au cas où tu en douterais. Figure-toi que j'étais rousseauiste convaincue à l'époque.
— Rousseauiste ?
Rolande soupire et dodeline de la tête. J'ai la sensation humiliante d'être un attardé mental. Ma grand-mère possède une érudition incroyable. Elle était psychologue de profession, puis je crois qu'elle a cessé de travailler pour élever ma mère et son frère.
— La bonté naturelle, le démocratisme, la volonté générale et la loi d'expression du nombre… Je croyais à ces trucs. J'avais les idées larges, quand soudain, ma vue a baissé…
— Comment ça ?
Une étrange mimique naît sur ses lèvres.
— On se battait dans la rue contre les CRS. Mai 68, c'est la révolte des étudiants, la révolution en France, puis celle des ouvriers contre l'ordre établi, les bourgeois, qui étaient les mêmes qu'aujourd'hui, en plus discrets peut-être.

Simplement, ils s'habillaient dans des costumes étriqués et gris. Eux avaient au moins la décence de ne pas se pavaner à la télé. Leur fric, ils ne l'exposaient pas en place publique. Ils étaient aussi pourris que maintenant, mais avaient encore un semblant d'éducation... Bref, on balançait des pavés sur la gueule de ces cons de flics. *Sous les pavés, la plage.* On avait que ça à la bouche et on avait raison.

Rolande lève les yeux au ciel. Le nuage s'éloigne. La lumière du jour revient et nous éclabousse.

— Tu vois, on était certains de vaincre. On était jeunes. Ils étaient vieux. Un vieux monde. De vieux politiciens. De vieilles idées. Je grimpais sur les barricades. Je n'avais pas peur des coups, des lacrymos, des bastonnades. Ah ! Si tu m'avais connue à l'époque…

Rolande prend ma main et la serre dans la sienne. Je n'aime rien moins que quand elle se confie à moi. Et d'ailleurs, pourquoi me raconte-t-elle cet épisode de sa vie ?

— Euh… Nous on défilera juste pour le climat, tu sais. On veut pas faire la révolution mais éveiller les consciences.

— *Éveiller les consciences*… Tristan, Tristan, Tristan… Tu parles comme un livre. Mais elles seront où tes consciences quand tu auras reçu un coup de matraque sur la tronche et que tu pisseras le sang, hein ?

Rolande me rend ma main. Je n'ai jamais envisagé qu'on puisse être matraqués. Notre marche sera pacifique, pas comme le mai 68 auquel elle fait allusion.

— Quand je l'ai vu, reprend Rolande, Rousseau pouvait bien aller au diable.

— Vu qui ?
— Hector, ton grand-père. Il portait les cheveux longs et bouclés. Un filet de sang coulait de son crâne et se perdait dans son cou. Il lançait un pavé. Un mouchoir rouge autour du cou. Il gueulait à tue-tête : « CRS, SS ! » Putain qu'il était beau !
Je pense qu'elle aime me choquer avec ses grossièretés. J'en dis, moi aussi, et des pires, au bahut, mais quand c'est elle, c'est différent.
— Et soudain, vois-tu, j'ai su pourquoi je me battais vraiment. Mai 68, c'était ça. Plus loin que la cause, on se foutait dessus pour l'humain. Et Hector, mon Hector, j'en suis tombée amoureuse là, sur une barricade, sans rien savoir de lui. Je ne lui avais jamais adressé la parole. Je n'allais peut-être plus jamais le revoir. Quand soudain, les CRS ont chargé. Hector a sauté de la barricade et a couru. Je lui ai emboîté le pas. On s'est retrouvés tous les deux coincés dans une impasse avec des flics qui nous bloquaient et s'apprêtaient à nous arrêter…
La voix de Rolande s'éteint doucement. La voilà de nouveau dans ses pensées. Discrètement, je jette un œil à ma montre. Il serait temps de rentrer, sinon ma mère va s'inquiéter.
— Laisse tomber ta mère, Tristan, dit Rolande comme si elle lisait dans mes pensées. Si elle est sur cette terre, c'est grâce à mai 68.
— Faudrait pas qu'on traîne, quand même.
— Oui, nous on n'a pas traîné, tu peux me croire. Hector a pris ma main dans la sienne. Il a dit : « Suis-moi et fonce ! » C'est exactement ce qu'on a fait. On a foncé

dans le tas. On s'est pris des coups, mais on a réussi à se carapater. La main dans la main. Hector ne l'a jamais lâchée, ma main. On ne s'est plus quittés. Mai 68 nous a créés. Il a fait ta mère, Jules, ton oncle, et puis toi et tous ceux qui viendront après…
— Mais pourquoi tu me racontes ça, grand-mère ?
Rolande me regarde fixement comme si j'avais dit une énorme bêtise. Il y a un long silence avant qu'elle ne reprenne la parole.
— Parce que tu as raison de te battre pour le climat. C'est ton mai 68 à toi, n'est-ce pas ? Mais je ne suis pas totalement stupide… Il n'y aurait pas un peu de Nina là-dessous ?
J'essaie de prendre un air détaché avant de répondre, mais ne parviens qu'à bafouiller :
— Je… Eh bien… Je...
— T'inquiète, Tristan. La seule chose que tu dois savoir, c'est que le combat n'est valable que pour l'humain, va du particulier au général. Ta Nina, c'est peut-être qu'un feu de paille, mais brûle pour elle, mon gars. Brûle toi et tout sur ton passage. Le climat c'est important, c'est même primordial. T'occupe pas de tes parents. Je pourrais t'en raconter de bien belles au sujet de Rosy… On n'a qu'une vie, alors vis-la. Voilà, c'est tout ce que je voulais te dire.
Rolande se lève brusquement. Elle chancelle un peu sur ses jambes et se retient à mon épaule.
— Je crois qu'on va pas faire le tour de l'étang, cette fois. Allez, on rentre et je vous mets une pâtée au Scrabble.
Je me lève à mon tour et l'attrape par le coude. Nous marchons côte à côte sans un mot. Nous rebroussons

chemin et empruntons à nouveau le petit bois de conifères. Nous ne sommes plus très loin de la maison de Rolande.
— Tu sais, grand-mère, le climat c'est notre survie. On va se battre pour la planète. C'est uniquement ça qu'on va faire. On est pacifiques.
Pourquoi ai-je donc besoin de me justifier comme si j'avais été pris la main dans le sac de bonbons ?
— Bla bla bla… C'est exact, mais ta Nina, si j'en crois tes yeux quand je t'en parle, elle vaut autant le coup aujourd'hui que le climat demain. Aime, mon grand. L'amour soulève les montagnes.
Nous franchissons le portillon qui donne sur une petite allée gravillonnée. Il reste une vingtaine de mètres à parcourir avant d'atteindre la porte d'entrée, qui s'ouvre soudainement. Ma mère est là, dans l'encadrement.
— Vous en avez mis du temps. Qu'est-ce que vous faisiez ?
Rolande la bouscule pour se frayer un passage. Le dos tourné dans le couloir de l'entrée, elle répond à ma mère :
— On refaisait le monde. Ton fils me parlait du climat et de ses amours…
Maman me jette un regard interrogatif. Je hausse les épaules. Je dois être rouge comme une tomate.
— *Mon gendre*, vous êtes là ? J'arrive pour vous mettre une déculottée au Scrabble ! entend-on crier Rolande à l'adresse de papa.

*

Nous sommes rentrés à la maison en fin d'après-midi. Mon père conduisait. Ma mère sommeillait à côté de lui, assise sur le siège passager, la tête appuyée contre la vitre.

J'étais à l'arrière et je regardais le paysage défiler sans penser à rien.

Ce soir, nous avons fait un régal frugal. Après un déjeuner chez Rolande, la faim n'est jamais au rendez-vous. Avant de me coucher, j'ai pris une douche, souhaité le bonsoir à mes parents et regagné ma chambre. Sur l'écran de mon smartphone, une icône d'alerte m'a prévenue que j'avais un SMS de Justin. J'ai ouvert l'application et lu : *Slt mec y paraît que t'es avec Nina ? C'est d'la bombe cette nana !*

Avec Justin, on se fréquente depuis la maternelle. À part une ou deux fois, nous avons usé notre temps dans les mêmes classes. Ce n'est qu'au lycée que Justin a choisi de bifurquer vers une filière pro. La pâtisserie. Son truc ça a toujours été les gâteaux. « J'ai la gueule sucrée », l'expression qu'il emploie pour justifier son choix. Je ne sais pas comment il a su que je m'intéressais à Nina. Peut-être même est-il au courant pour la manifestation pour le climat. Les nouvelles vont vite avec les réseaux sociaux.

Anthropologiquement, Justin est plus proche de la crevette anémiée que d'Arnold Schwarzenegger. Petit, mince comme un fil de fer et un visage en lame de couteau. En revanche, Justin est un hargneux. Quand il mord, il ne lâche plus sa proie. Au collège, je l'ai vu défoncer un gros costaud qui l'avait insulté. Il lui a fait avaler son poing jusqu'au poignet. C'était pas beau à voir.

Presque tous les soirs, la coutume veut que Justin m'envoie un SMS. On se rappelle parfois au téléphone, mais alors ça dure des plombes. On se raconte nos vies. La plupart du temps il est question de ses amours. Justin est un bourreau des cœurs. Il pécho d'enfer, comme il dit. Je ne vois pas ce que les filles lui trouvent. Au collège, ses ennemis l'appelaient l'Airbus. Dès la quatrième, les joues de Justin ont ressemblé au tableau de bord d'un A340. Il s'est retrouvé à clignoter comme un sapin de Noël. Et puis, les filles l'ont intéressé soudainement, et pas qu'un peu. Jusque-là, son obsession c'était le foot. Il connaissait tous les joueurs, tous les clubs et tous les résultats des matchs sur le bout des doigts. En classe, il frisait les sommets en géographie question notes. Il pouvait relier une capitale à son pays sans problème. Moi qui détestais ça, je perdais patience à l'entendre pérorer sur Messi ou Ronaldo. Justin s'était aussi essayé sur le terrain, mais sa carrure et son poids plume faisaient qu'il était plus souvent par terre que debout. Ou encore au vestiaire, renvoyé parce qu'il avait dézingué un joueur avec un tacle meurtrier. Justin m'avait confié qu'il limait ses crampons pour mieux poinçonner l'adversaire. Un entraîneur l'a testé dans les buts. Les ballons entraient comme dans du beurre. En fin de compte, il a abandonné pour devenir un as de FIFA.

Alors, son SMS de ce soir, c'est clairement une invite à lui téléphoner, histoire de causer des filles, et de Nina en particulier. Je n'en ai aucune envie. D'ailleurs, je ne saurai pas quoi dire. Je suis terriblement empoté de ce côté-là. Je n'arrive pas à la cheville de Justin. Des copines, j'en ai eu, mais à chaque fois je me suis fait larguer. Et, comme de bien entendu, Justin m'a trollé à mort. La première, c'était en quatrième, justement. Moi aussi, je me sentais bourgeonner. Elle se prénommait Cindy. Elle était plus grande que moi et, quand elle m'embrassait, j'avais l'impression de rapetisser.

— Ta copine, m'avait dit Justin à l'époque, elle est bof-bof. Je la sens moyen.

Je crois qu'il était jaloux de ma relation. La preuve, après qu'elle m'ait jeté comme un mouchoir usagé, Justin lui a mis le grappin dessus. Tous les voyants de son tableau de bord indiquaient la surchauffe. Quelques semaines plus tard, Justin est venu me trouver avec l'air de celui qui a gagné le gros lot.

— Tu t'souviens de Cindy ? il m'a demandé mine de rien. C'que j'vais te dire, mec, c'est du lourd.

Il s'est tu. Son regard cherchait à capter mon attention. J'avais appris à décoder son langage. Nous parlons tous un peu comme ça, avec nos propres expressions et celles apprises au contact d'autres cultures, mais Justin est le Victor Hugo du parler jeune. À tel point qu'il frise la caricature. Aujourd'hui encore, il se sert des mots comme de passe-partout qui ouvrent des coffres à trésor remplis d'images. Il parle court, mais ce qu'il dit peut prendre une multitude de formes, selon le ton, l'histoire, l'heure et son humeur. Pour Cindy, ce qu'il avait à me confesser dépassait l'ordinaire. En y repensant, je suis convaincu qu'il barbotait en plein surnaturel et que j'aurais aimé être à sa place. Quand il a repris, ses lèvres tremblaient d'une excitation mal contenue.

— Tu vas être vénère, Tristan, quand tu vas savoir. J'sais pas si c'est toi qu'a été le chauffeur, mais Cindy elle a le permis haut la main. J'te fais pas un dessin, pas vrai ?

En peu de mots, Justin venait de m'apprendre qu'il venait de passer de l'autre côté de la barrière. C'était cru et je pense avoir rougi jusqu'au gros orteil.
— Allez mec, remets-toi, tu m'fais pitié, j'sais qu'c'est la honte pour toi, mais toi aussi tu vas en pécho grave une meuf un d'ces quatre.
Wesh Justin. Avec Nina on organise une marche pour le climat. On se tel ds la semaine, je réponds à son SMS.
Je suis fatigué et demain sera une grosse journée. Et puis, Nina est aux antipodes de Cindy. D'abord notre relation est… professionnelle. Même si elle m'attire, je ne crois pas que ce soit réciproque. Timide comme je suis, je redoute de prendre un vent et d'être ridicule. Nina, je ne sais pas dans quelle catégorie la classer. Elle me semble trop mûre, trop engagée, trop intelligente, trop tout.
— Éteins ta lumière ! crie ma mère à travers la porte de ma chambre. Il est tard, mon chéri !
Elle vérifie toujours que j'ai éteint et ne me suis pas endormi avec la lumière allumée.
— Oui, maman ! je lui réponds.
J'éteins la lumière de ma lampe de chevet et glisse au fond de mon lit. J'ai réglé l'horloge de mon smartphone pour un réveil à 6 heures. Une heure plus tôt que d'habitude. Je veux être le premier dans la salle de bains, histoire de ressembler à quelque chose quand je verrai Nina. On s'est donné rendez-vous trente minutes avant l'ouverture des grilles du lycée, dans un petit bar sur le trottoir d'en face. Derniers détails à voir avant l'AG. Nina ne m'a pas précisé dans son mail si les trois autres filles seront là. Je

ferme les yeux et tente de ne penser à rien. Le sommeil me gagne petit à petit. Je sombre doucement.

Quatre jours plus tôt, lundi

Le bar de L'Ardoise se situe juste en face du lycée, pris en sandwich entre un cuisiniste et une auto-école. Il est fréquenté par des élèves et quelques habitués qui viennent prendre leur café matinal et l'apéritif avant déjeuner. Il ouvre à 6 heures 30 et ferme à 20 heures tapantes. Il fait aussi dépôt de journaux, des croques et autres paninis le midi pour ceux que la cantine débecte.
Je me suis réveillé aux aurores, bien avant la sonnerie du téléphone. La maison était silencieuse quand je me suis enfermé dans la salle de bains. Trente minutes plus tard, j'étais dehors dans la nuit. Le jour naissait à peine quand je suis arrivé devant l'Ardoise. Le bistrotier relevait son rideau de fer dans un bruit de métal couinant.
— Ben dis donc, t'es tombé du lit, jeune homme...
Il s'appelle Fernand. Qui s'appelle Fernand aujourd'hui ? Il est plutôt sympathique avec les lycéens qui sont le cœur de sa clientèle. Sauf avec ceux qui font du tapage ou viennent fumer tranquillou un joint à la terrasse du bar. On l'a vu piquer une colère monstre et chasser à coup de pied dans le derche un dealer qui squattait devant L'Ardoise et vendait sa beuh à la sauvette. Une partie de ma classe fume de l'herbe. Je ne porte pas de jugement sur eux, à chacun d'assumer. J'avoue avoir essayé une fois et avoir trouvé ça dégueulasse. Si mon père le savait, il me tuerait, avant de se tuer, puis me ferait la morale outre-tombe. Mon père est un chouïa excessif, c'est vrai.
— Entre, m'a invité Fernand. T'auras plus chaud à l'intérieur.

Je suis assis devant une tasse de café tiède. L'Ardoise a commencé à se remplir. Nous sommes une petite dizaine. Fernand est derrière son zinc, un faux, pas du tout en zinc mais en bois. Il essuie des verres. Quand il ne sert pas, Fernand essuie, astique, éponge, balaie. J'attends Nina. Elle ne devrait pas tarder. J'ai une vue dégagée sur la grille du lycée. Des grappes de lycéens se sont formées. Le bahut compte un millier d'élèves. La valse des cars a débuté. Ils déversent les uns après les autres des chargements d'ados aux yeux encore chassieux de sommeil. J'extirpe de mon sac à dos mon emploi du temps. Je le connais par cœur mais ça me rassure de vérifier mes horaires de cours. Aujourd'hui, ce sera trois heures le matin et le même menu l'après-midi.
— Salut !
Je sursaute. Nina se tient devant moi. Je ne l'ai pas entendue arriver. Elle est vêtue d'un jean et d'une marinière sur laquelle elle a enfilé un blouson, en jean lui aussi. Une langue, celle des Rolling Stones dessinée par John Pasche, alors étudiant au Royal College of Art de Londres (je le sais parce que mon père est un fan du groupe et ne manque jamais de me bassiner avec sa légende), est cousue sur sa poche de poitrine. Chez tout autre que Nina, ce serait ringard. Chez elle, c'est plutôt classe.
— Salut, je t'attendais… je réponds en essayant de recouvrer une contenance.
Nina s'assoit et abandonne son cartable près de sa chaise. Eh oui, un cartable ! Elle doit être la seule du bahut à en posséder un. En cuir terre de Sienne clair, avachi et

craquelé de partout, les fermetures ont été changées et la poignée est cousue de gros fil couleur crème. Il a appartenu à son père, m'a-t-elle confié. Il lui a cédé quand elle est entrée au collège, un peu comme on passe un relai. Depuis, elle le trimballe partout.
— Tu prends un café ?
Inutile qu'elle me réponde, Fernand lui en dépose un d'office devant elle.
— Bonjour Nina, la salue-t-il. C'est offert par la maison.
Un énorme sourire barre sa face de bistrotier. Fernand a un faible pour Nina. Un faible amical et plein de gentillesse. L'homme a ses têtes, indifféremment filles ou garçons.
— Merci, Fernand.
Il repart comme s'il avait été oint par le Seigneur Lui-même, tandis que Nina fait glisser un sucre dans sa tasse. Elle touille puis repose la cuillère.
— On n'a pas beaucoup de temps, dit-elle. Alors je te fais un rapide topo pour l'AG.
Elle porte la tasse à ses lèvres et boit une gorgée.
— On n'attend pas les filles ?
Nina fronce les sourcils, repose la tasse sur la soucoupe. Le bruit de la vaisselle qui s'entrechoque est déplaisant.
— Ça, c'est la mauvaise nouvelle du jour... Elles nous lâchent.
— Les trois ?
— Ouais. Tard hier soir, Lucie m'a téléphoné. Elle était la porte-parole des trois. Elles se sont faites enguirlander par leurs vieux. Ils semblent qu'ils se sont concertés et qu'ils sont tombés d'accord pour leur interdire de se joindre à nous.

— Pourquoi ?
— Pourquoi ? Parce que ce sont des parents, tiens… Lucie m'a expliqué qu'ils s'inquiétaient de les voir participer à une action qui pourrait nuire à leurs études.
— Nuire ? Je vois pas…
— Moi non plus, mais visiblement, eux, si. Ils ont été assez persuasifs pour leur foutre la trouille. Et puis, le climat, ça n'a pas l'air de leur parler des masses.
— On est juste tous les deux alors, pour organiser la manif ?
—Exact. Ça te fait peur ?
Je hoche négativement la tête et Nina poursuit :
— Mais Lucie a affirmé qu'elles nous aideraient discrètement. Faudra seulement qu'elles évitent d'être en première ligne…
Elle termine son café d'une lampée en renversant légèrement la tête en arrière. Le mien est froid mais je me force à le boire. Un goût amer emplit ma gorge.
— Bon, reprend Nina, on se donne donc rendez-vous ici à 18 heures. Fernand nous prête l'arrière-salle. J'ai fait passer le mot la semaine dernière à tous ceux que je croisais au bahut. J'ai demandé que chacun prévienne trois potes qui préviennent trois potes, qui préviennent... etc. Avec un peu de chance on aura du monde. Les filles ne seront pas à l'AG, comme je t'ai expliqué plus tôt, mais elles vont relayer l'info toute la journée. Tu vas faire pareil. D'ac ?
J'acquiesce. Dehors, les grilles du lycée sont ouvertes. Les premiers élèves pénètrent dans l'établissement.
— Et l'ordre du jour ?

Nina ne répond pas immédiatement, ce qui me laisse le temps de la dévisager. J'adore ses taches de rousseur. Surtout sur son nez et les ailes de ses narines qu'elle a fines et presque translucides. Elle a peigné ses cheveux en arrière, les a lissés et roulés sur la tête en une sorte de chignon façon Paris-Brest, le tout retenu par un gros chouchou rouge.
— Hé ! Je te parle ! m'interpelle Nina.
Pris sur le fait et dans les nuages, je la dévorais des yeux comme un couillon. Le sang monte illico à mes joues et les enflamme.
— Pardon, je…
— Concentre-toi deux secondes, tu veux bien.
Elle glisse vers moi une feuille de papier dactylographiée.
— J'ai tout noté là. L'ordre du jour est simple : où, quand et comment. Pour l'instant, j'attends la réponse positive de la Préfecture. Mon père a fait les papiers, il s'y connaît, ça ne devrait pas tarder. On partira de la place du Palais de Justice et on remontera jusqu'à la place de la République. Ce sera donc vendredi à partir de 10 heures. Faudra un service d'ordre. Papa aussi s'en charge. Il a des copains qui pourront nous encadrer. Lui aussi sera là. Et tes parents, ils pourront venir ?
Nina a une foutue chance d'avoir des vieux comme ça.
— Mes parents, je crois pas. Euh… je veux dire que non… ils seront pas là. Et moi, alors, je fais quoi ?
Nina pose sa main sur le dos de la mienne. Un geste amical qui manque de me faire tourner de l'œil. Elle la retire et dit :

— Toi, tu pourrais t'occuper de trouver des slogans pour la manif et t'entourer d'une équipe qui préparera les pancartes et les bandeaux. Du genre, un manche à balai avec des cartons agrafés dessus, des draps découpés ou des trucs du même calibre. Plus y en aura, mieux ce sera. On fera peut-être ça chez moi, à voir. Et puis on demandera à des volontaires d'en faire aussi de leur côté.
— OK. Ça roule.
Une sonnerie en provenance de Nelson Mandela nous avertit que, dans cinq minutes, il faudra gagner notre salle de classe.
— On y va ? propose Nina.
— Faut que je paie mon café avant.
Je me lève et me dirige vers le comptoir où Fernand s'active à faire briller un verre ballon. Il le soulève à hauteur d'yeux, le mire à la lumière et paraît satisfait de son ouvrage.
— Voilà, je dis en posant un euro cinquante sur le comptoir. Pour mon café...
Fernand se penche par-dessus le zinc (en bois).
— T'en as de la chance, mon gars.
— Pardon ?
— Ta petite amie… Elle est extra.
— Ce n'est pas…
— Mais t'avise pas de lui causer du tracas, me coupe Fernand, sinon, ton café, tu pourras aller te le faire chauffer ailleurs.
Vu le regard qu'il me jette, je comprends que ce n'est pas une plaisanterie. Je me carapate aussi vite que possible,

sans prendre le temps de lui expliquer que Nina n'est pas ma petite amie.

Nous nous retrouvons Nina et moi à l'extérieur et traversons la rue.

— Qu'est-ce qu'il voulait, Fernand ? m'interroge Nina. J'ai eu l'impression qu'il t'engueulait.

— Non, rien. Un truc entre nous. Tu sais, des fois, il est bizarre.

Nous nous manions pour ne pas arriver en retard. Au second étage, devant la porte B15 où va se dérouler notre premier cours de maths, Nina me claque une bise sur la joue.

— C'est vraiment sympa de ta part de me donner un coup de main.

Un élève nous bouscule pour entrer.

— Hé, bouchez pas le passage ! se plaint-il.

— Quand je suis arrivée au lycée, continue Nina tandis que l'autre passe en force, je te trouvais un peu niais... mais je me suis trompée. Tant mieux !

Elle me gratifie d'un sourire lumineux et entre dans la salle. Je ne peux esquisser le moindre geste et reste planté sur place, sans bouger d'un cheveu, tentant de digérer l'info... et la bise.

— Eh bien, Tristan, vous prenez racine ?

Le prof de math m'apostrophe et d'un signe m'invite à le suivre.

Niais ?! Je suis trop jeune pour être cardiaque, mais ça m'en fiche un sacré coup quand même.

*

Les journées au bahut, on connaît tous. La routine. La mise en exploitation minière du savoir. On creuse, on creuse, sans garantie de voir le bout du tunnel ni d'atteindre le filon (couramment appelé la bonne filière). On va d'un cours à l'autre comme si on passait d'un resto japonais à un italien, d'un kebab à un snack. Le menu n'est pas le même et la digestion mise à rude épreuve. Le cerveau rumine, embrumé par les vapeurs de l'instruction. On ingurgite les plats de force et à la chaîne. On ne nous nourrit pas, on nous gave. Et toute ces gastronomies ne se marient pas forcément ensemble. Des divorces sont couramment consommés. Il faut s'imaginer avaler une choucroute suivie de profiteroles et encore un couscous pour terminer par une daube en sauce. Les jeux olympiques de l'engraissage ! Ceux qui ont l'estomac un peu fragile souffrent d'aigreurs. Une acidité qui se manifeste par des comportements différents selon le caractère de chacun et du cuistot en chef, autrement dénommé le prof. Le Philippe Etchebest des formules, des règles gratinées ou des dilutions improbables du type $KMnO4$ (c'est-à-dire un coulis de permanganate de potassium, miam, miam…), comme autant d'ingrédients parfois très exotiques — surtout en physique pour ce qui me concerne.

Le client n'est pas roi dans cette affaire, mais il peut se plaindre. Sacha, par exemple, n'a pas la langue dans sa poche. C'est un gourmet réfractaire à la nouvelle cuisine. Il dit ce qu'il pense et pense ce qu'il dit. Ce qui peut se résumer à un doggy bag à emporter partout avec soi : *Fais chier*. Désolé pour la grossièreté, mais, à priori, le transit pour lui est d'ordre buccal. Nina, en revanche, est une machine à broyer et digérer les connaissances. Il n'y a qu'à la voir gratter pour se rendre compte qu'à côté d'elle on est un petit joueur. Elle m'a assuré un jour que les cours lui suffisaient. Elle n'ouvre ni cahier ni livre scolaire chez elle. Boulimique, elle retient tout. Son cerveau doit ressembler à une gigantesque armoire où se côtoient conserves de théorèmes, bocaux de formules et sachets sous vides d'exceptions grammaticales. Elle puise dans ses réserves pour les interros. Quelque part, je l'envie. Je ne suis pas un mauvais élève, mais je suis laborieux. Pour enregistrer, il faut que j'apprenne, et lentement. Mes parents n'ont pas conscience de la somme de travail qui nous est demandée. Ont-ils oublié leur jeunesse étudiante ? Mon père ne doute pas que je sois un génie. Il s'étonne quand mes résultats sont moyens. Il pense, et ça m'arrange, que le prof note sévèrement ou qu'il était de mauvais poil le jour des corrections. Tristan, son fils, la chair de sa chair, ne peut pas être un élève médiocre. Quant à ma mère, elle est plus suspicieuse. Elle me surveille, vérifie mes devoirs et s'assure que je connais sur le bout de la langue mes verbes irréguliers. Elle passe au scanner mes connaissances mathématiques, du genre de la relation entre le produit scalaire et la notion d'orthogonalité ou encore le théorème d'Al-Kashi saupoudré du théorème de la médiane. Cherchez pas... moi-même je m'y perds…

Bref, après les maths, nous avons eu droit à deux heures de français. Il y a été question de registre pathétique, tragique, dramatique, lyrique, etc. Que du gnangnan pour

intello. Et justement, Abdelkader, le fort en thème dans cette matière, n'a pu s'empêcher de la ramener. Quand la prof, Madame Wasserdicht, a demandé qui voulait donner un exemple dans le registre tragique, Abd', comme on l'appelle, a eu son petit bonheur quotidien en levant la main. La seule de tous les emmurés de la classe à se dresser tel un fanal dans un océan même pas agité.
— Je t'en prie, l'a invité Madame Wasserdicht.
Et voilà notre Abd' qui déclame avec le sérieux qu'on lui connaît :

Juste ciel ! tout mon sang dans mes veines se glace !
Ô désespoir ! ô crime ! ô déplorable race !
Voyage infortuné ! Rivage malheureux,
Fallait-il approcher de tes bords dangereux !

Un sourire radieux achève l'étalage de sa culture. Même pas une goutte de sueur sur le front, l'Abd'.
— Et c'est dans quoi, Abdelkader ? minaude Madame Wasserdicht.
— Dans Phèdre, Madame. C'est Œnone qui parle, répond l'artiste.
D'où un pur beur d'origine connaît-il Phèdre ? Certains ne s'interdisent pas cette réflexion pour le moins raciste et Madame Wasserdicht intervient pour les remettre à leur place.
À midi, nous faisons la queue au réfectoire pour, cette fois, manger de la vraie nourriture. Enfin... c'est un euphémisme. Si nos parents savaient pour quoi ils payent la cantine, je suis convaincu qu'ils entameraient une class

action contre le lycée. Souvent, le pain est notre seul réconfort, bien qu'il soit limité à deux tranches au format feuille à cigarette par prisonnier éducatif. Nina ne déjeune pas avec nous. Elle apporte sa propre tambouille faite de graines germées, de galettes de quinoa ou autres denrées intrigantes. Elle va s'installer dehors, dans un recoin de l'agora, et grignote seule.
Très tôt après qu'elle soit arrivée au lycée, Nina m'a dit qu'elle était végan. Rien d'extraordinaire, même si chez moi nous sommes plutôt viandards version glouton. En d'autres temps, le cannibalisme ne nous aurait pas effrayés, il me semble. Papa particulièrement, qui ne conçoit pas un repas, même le petit-déjeuner, sans sa dose de protéines animales. Son plat préféré est l'escalope milanaise, du veau enrobé d'une couche épaisse de chapelure mélangée à du parmesan et une quantité d'autres ingrédients savamment dosés et mitonnés par maman.
— Sais-tu, m'a affirmé un jour Nina à la suite d'un cours de géo portant sur l'agriculture intensive et l'alimentation mondiale, que pour qu'un bœuf grossisse d'un kilo il faut qu'il ingurgite trente kilos de céréales et qu'on dépense quinze mille litres d'eau ?
Je n'ai jamais eu l'impression d'avaler quinze mille litres d'eau en dégustant un steak, fut-il d'un kilo. J'ai trouvé sa démonstration un peu, beaucoup même, exagérée et le lui ai dit.
— Renseigne-toi, a été sa réponse lapidaire.
Nina n'est pas du style à vouloir convaincre à tout prix. Elle ne pontifie pas et ne balance pas de messages

prosélytes. Non, elle renseigne, éveille, plante des graines et s'en fiche si elles poussent en nous ou pas. Elle dit aussi qu'on a le droit de ne pas savoir, mais le devoir de demander. Et parfois, elle est un peu crue…
— Si tu veux rester aussi con qu'une bitte d'amarrage sur un quai désert parce que tu ne sais pas, alors ne demande jamais rien, Tristan.
À froid, ça décape un chouïa, ce gros calibre de réflexion. Alors je me suis renseigné, et même si je n'en doutais finalement pas, j'ai appris qu'elle disait juste.
— Tu as raison, pour le kilo de bœuf, j'ai concédé à Nina.
Je croyais qu'elle tirerait une certaine satisfaction de mon mea-culpa, mais non. Elle est restée de marbre avant de m'infliger le coup de grâce :
— Regarde bien dans ton assiette la prochaine fois que tu mangeras du bœuf ou n'importe quel animal... Ce n'est rien d'autre qu'un morceau de cadavre.
Évidemment, vu sous cet angle, l'entrecôte est moins fun…
L'après-midi de cours a filé bon train. À 17 heures, les dresseurs ont relâché les fauves réduits à l'état de caniches savants. Les lycéens se sont égrainés à l'extérieur du bahut. Qui a repris son car en sens inverse. Qui est rentré à pied à la maison. Qui a été boire un pot à L'Ardoise. Une nouvelle heure de pointe pour Fernand qui s'est activé derrière son zinc (en bois).
J'ai oublié de signaler que, toute la journée, j'ai informé mes coreligionnaires de la tenue d'une AG concernant une marche pour le climat, à L'Ardoise, à partir de 18 heures. Nina, les filles, de leur côté en catimini, et moi avons

diffusé l'info sans savoir si elle atteindrait son but. Nous n'avons pas prévu de boissons offertes ni de chips. Grave erreur à mon avis si on souhaite attirer le morfale lycéen de base. Je m'en suis ouvert à Nina. J'étais prêt à mettre de ma poche le budget nécessaire, mais elle a rejeté mon idée de façon plutôt radicale.
— Ça doit être volontaire, Tristan. Pas la peine de se retrouver avec une majorité de mouches à… Si tu vois ce que je veux dire.
Ah ! J'oubliais. À la fin de la deuxième heure de l'après-midi, une pionne est venue chercher Nina. La CPE voulait la voir. Quand elle a réintégré la classe un quart d'heure plus tard, Nina était sombre. Elle s'est esquivée dès la fin du cours et je n'ai pas pu lui demander ce qui se passait. Pour le coup, je suis un peu inquiet.
Il est 17 heures 45, je finis ma bière. Oui, je n'en bois pas souvent, mais ça m'arrive. Là, je sentais que j'en avais besoin. Pas l'ombre d'une Nina en vue. Fernand a tenu à me montrer la salle pour l'AG. Il a installé des chaises.
— Ça devrait suffire, a-t-il dit.
Visiblement, il ne s'attendait pas à un débarquement en masse. Une dizaine de chaises se battaient en duel. Une table nous servirait de chaire. L'éclairage était cosy tendance vacillant.
— Merci Fernand.
Il m'a passé la main dans les cheveux. Un geste que j'ai trouvé bizarre, mais qui lui était naturel. Je me suis donc recoiffé sans râler.
Je compte les minutes. Il reste quelques jeunes dans le bar. Vont-ils participer ou repoussent-ils l'heure du retour chez

eux et l'obligation de se mutiler le cerveau sur les devoirs ? Deux filles se dirigent vers l'arrière-salle. Elles n'en reviennent pas. Reste huit chaises en quête de postérieurs.
Et toujours pas de Nina…

*

— Je ne reste pas. Je ne voudrais pas vous déranger par ma présence.
Nina est entrée dans la salle deux minutes plus tôt en compagnie de son père qu'elle m'a présenté.
— Joric, a-t-il dit en me tendant une main noueuse et calleuse.
Sa poigne et son sourire étaient francs.
— C'est donc vous le fameux Tristan dont ma fille me parle souvent...
J'ai cru que le sol se dérobait sous mes pieds. J'ai bredouillé un oui bulleux, tandis que le rouge me montait au front et que mon estomac descendait dans mes talons. Nina parle de moi à son père ? Et souvent ! Je lui ai jeté un coup d'œil rapide, mais elle ne semblait pas embarrassée par cette révélation paternelle.
Joric quitte donc la salle. Il a demandé à sa fille de lui envoyer un SMS quand l'AG serait terminée. Il sort en refermant la porte derrière lui. Il est 18 heures 15.
Il y a davantage de monde que j'aurais imaginé. Je reconnais Abdelkader, Sacha et quelques autres. Une majorité de filles. Ils sont environ une trentaine à avoir répondu favorablement à notre invitation. Il manque forcément des chaises, alors ceux qui n'en ont pas restent debout, certains adossés contre le mur. Nina est assise à

ma gauche. Elle compulse un cahier à spirales en tournant les pages une à une à un rythme régulier. Son écriture sans rature penche légèrement vers la droite. Des passages sont soulignés, certains deux fois. Pour ma part, je n'ai rien préparé. Je ne m'attends pas à prendre la parole. Je suis ici en soutien. Je fais l'appoint, en quelque sorte. Une table nous sépare du public, qui fait de nous des officiels. Quand elle sera prête, Nina donnera le feu vert. Dans la salle, on se salue. On se tape sur l'épaule. On se claque des bises. La porte s'ouvre. C'est Justin. J'en sursaute presque. Qu'est-ce qu'il fout là ? Il serait plus à sa place dans une rave-party que dans une réunion de lycéens préparant une marche pour le climat, même si la dernière fois au téléphone il m'a dit qu'il souhaitait y participer. J'avais pris ça pour des paroles en l'air...
— S'il vous plaît !
Nina lève une main. Elle demande le silence. Encore quelques toux, puis elle l'obtient.
— Je vous remercie d'être venus à cette AG. Comme vous le savez, nous allons définir ensemble les modalités de la marche pour le climat que nous organisons vendredi prochain. En préambule, je voudrais juste vous citer ces quelques phrases prononcées par Greta Thunberg à l'ONU, en septembre 2019...
Nina ne prend même pas la peine de regarder ses notes. Elle récite d'une voix assurée :
— *Des gens souffrent, des gens meurent, et des écosystèmes s'écroulent. Nous sommes au début d'une extinction de masse, et tout ce dont vous parlez c'est*

d'argent, et de contes de fées racontant une croissance économique éternelle. Comment osez-vous ?
La voix de Nina, qui a grondé sur le Comment osez-vous ?, s'éteint dans un silence de cathédrale. Puis viennent les premiers murmures.
— Je peux vous affirmer, reprend ma voisine, que nous ne luttons pas pour un clan, une secte ou je ne sais quel parti. Nous luttons pour la planète. Pour son avenir. En conséquence, nos actes sont politiques dans le sens de s'occuper de la cité et par extension de la Terre. Nous n'avons qu'une planète, qu'une maison. Il n'y a ni plan B ni plan miracle. C'est à nous de faire l'effort, d'être à la hauteur du problème que nous avons à résoudre. Et quand je dis nous, je veux parler de tous, mais surtout et avant tout des décideurs, des gouvernants. Nous devons les obliger à nous écouter et à agir. Nous sommes une force. Une force réelle qui doit se faire entendre...
Une pause. Je suis étonné d'à quel point on l'écoute. Elle a scotché la salle en quelques mots. Je croise les bras sur la table et attends la suite, qui ne tarde pas.
— Vendredi, donc, nous organisons, comme dans des centaines de villes à travers l'Europe, une marche pour le climat à l'instigation de Greta Thunberg. Une marche pacifique, avec pour slogan unitaire Sauvez la planète. Il n'est pas question de nous faire manipuler par un parti politique ou une quelconque organisation, soit-elle environnementale. Ce seront, nous, les jeunes, en dehors de tout endoctrinement, qui manifesterons pour que les adultes deviennent enfin raisonnables...
— Ça changera ! remarque quelqu'un dans l'assemblée.

Des rires. On s'agite. Nina n'a pas esquissé la moindre risette. Elle continue :
— Il n'est plus possible de résoudre les problèmes auxquels nous sommes confrontés en restant sans rien faire, en subissant, non pas la nature, mais la frilosité et la lâcheté de ceux qui mènent le monde, et le mènent à sa perte... Il faut agir. 1 + 1 + 1 + 1... et nous serons une rivière, un fleuve, un océan qui emportera l'adhésion, de gré ou de force, des décideurs. Mettons en action la parabole du colibri. Que chacun fasse sa part, à son niveau. La nôtre, vendredi, sera de défiler dans les rues et de demander à ceux qui dirigent le monde de prendre conscience de la situation...
— Tu devrais te présenter à la présidence ! l'interpelle un comique dans le fond.
Rires à nouveau. Nina, stoïque, ne se laisse pas démonter :
— Bien. Maintenant, je propose de vous donner des informations utiles pour vendredi. Ensuite, Tristan et moi répondrons à vos questions. Sachez qu'en sortant, sur une table sur votre droite, vous trouverez des tracts à distribuer et des feuilles de routes avec les indications de début et de fin de la marche. Horaires, parcours prévu, mise en garde, etc. Il y a des formulaires de contact à remplir pour ceux qui désirent se joindre à Tristan et moi pour l'organisation générale. Nous avons aussi besoin d'artistes pour la réalisation des pancartes et des banderoles... Bon, les informations utiles, maintenant…
Cette fois, Nina lit, le visage penché sur son cahier. C'est clair, sans fioriture. Elle va droit à l'essentiel. Ça ne dure qu'une dizaine de minutes durant lesquelles je peux juger

de l'attention de la salle. À part Justin, dont la durée de concentration est égale à celle d'un poisson rouge anémique, à peu près tout le monde boit ses paroles. J'en vois même prendre des notes. Sacha, lui, a branché le dictaphone de son smartphone qu'il brandit au-dessus de sa tête. Il enregistre. Je ne suis pas mécontent de n'avoir à jouer que le rôle de la potiche. Nina mène son affaire d'une main de maître. Cette fille est incroyable. Je supputais un bordel monstre et me retrouve avec des lycéens plus studieux qu'en classe. J'hallucine.
J'en suis là de mes réflexions quand Nina me glisse une feuille sous les yeux.
— J'ai terminé, annonce-t-elle dans le même temps. Tristan va nous lire ces derniers mots de Greta Thunberg que je trouve motivants. Ensuite, nous passerons aux questions diverses que vous souhaitez nous poser.
Je suis pris au dépourvu. Elle aurait pu au moins me prévenir. Ma première réaction serait de fuir. Je ne suis pas un tribun. En cours, si je dois prendre la parole, j'exsude des litres de sueur. Je pue la trouille. Mais ici, impossible de me soustraire sans passer pour un branque. Je me racle la gorge dans l'intention de gagner quelques fractions de secondes supplémentaires. Les premiers mots qui sortent de ma bouche sont prononcés d'une voix de fausset. On a l'impression que je m'étrangle en lisant. Je dois me reprendre et recommencer. Je respire en tentant de calmer mon cœur qui s'emballe.
— Ça va aller, me chuchote Nina. On t'écoute.
— Fais pas ton frimeur ! lance alors Justin du fond de la salle en profitant du vide sidéral laissé par mon embarras.

Il emporte une salve de rires avec lui et ajoute pour plaire aux moqueurs :
— Ouloulou ! Vas-y, mec !
Merci mon pote, je te revaudrai ça. Heureusement, Nina m'invite à ne pas me laisser déconcentrer par l'importun. Son seul sourire suffit à me redonner un peu de courage. Je me contrains à lire haut et fort, presque trop, mais j'ai besoin de m'entendre :
— *Un autre monde est possible ! Les jeunes sont désespérés : nous voulons un signal d'espoir. Il ne vient pas des gouvernements et des corporations qui cherchent à éviter de relever leurs ambitions, mais des gens qui commencent à se réveiller...*
C'était court, tant mieux. Je lève les yeux. On me regarde. Quelques applaudissements.
— Parfait, me rassure Nina.
Puis elle s'adresse à la salle :
— Maintenant, posez vos questions. À la fin, ceux qui veulent nous aider en amont viendront donner leurs coordonnées à Tristan...
Dans un premier temps, personne n'ose intervenir. Puis une fille lève la main et Nina lui donne la parole. À partir de là, les questions s'enchaînent. On pourrait les résumer à : Pourquoi ? À quoi bon ? Qu'y peut-on, nous ? Les risques ? Et après ? Nina répond à toutes de son mieux. Il règne dans la salle une effervescence contagieuse. Soudain, je me sens bien, à ma place, heureux d'être ici.
Quand Nina lève la séance, il est 19 heures 20. L'assistance quitte l'arrière-salle de L'Ardoise. Ils sont quelques-uns à avoir donné leurs coordonnées, dont Justin

qui m'a tapé sur l'épaule et m'a gratifié d'un regard appuyé, comme si j'étais un extraterrestre tombé du ciel. En partant, il a tenu à serrer la main de Nina.
— Toi, il a dit, t'es une sacrée nana...
— Wesh mon grand, c'est passé cool, lui répond du tac au tac Nina.
Je regrette de n'avoir pas eu le réflexe de prendre mon portable pour photographier Justin. L'expression de surprise qui se lit sur son visage est cocasse. Il met quelques secondes à s'en remettre. Il se tourne enfin vers moi, l'air extatique de celui qui vient d'avoir la révélation :
— C'est d'la bombe c'te meuf, mec !
Puis il part, transporté sur le tapis volant de son imagination qui doit carburer à plein régime. Plus tard, en début de nuit, il m'enverra un texto pour me supplier de lui donner le numéro de Nina. Et je serai ravi de lui rendre la monnaie de sa pièce : Ouloulou, mec ! Creuse, on sait jamais, peut-être tu vas trouver...
— Un ami à toi ? me demande Nina.
— Si on veut…
— En tout cas, il est pittoresque… Bon, mais c'est pas tout, j'envoie un SMS à mon père pour qu'il vienne me chercher. Tu veux qu'on te reconduise chez toi ?
— Non, ça ira. Je vais marcher un peu.
— D'accord. On se voit demain pour débriefer. T'as qu'à me rejoindre à midi à l'agora. On déjeune ensemble. Et t'inquiète, j'apporte à manger pour deux.
Je suis bon pour du faux-mage et des graines de chia, mais l'invitation est trop belle. J'arbore la mine la plus détachée

possible pour lui dire que j'accepte son invitation. Elle me colle illico une bise sur la joue et s'en va. Une minute plus tard, je file aux toilettes. La bière de tout à l'heure plus la bise ont eu un effet dépuratif sur moi. En quittant les toilettes, je croise Fernand qui balaie le sol de son bar. Il ferme bientôt et fais le ménage. Nous sommes seuls tous les deux, pas de client en vue.
— Alors ? il s'enquiert.
— Comme sur des roulettes, je réponds.
Il prend appui des deux mains sur son balais en y portant tout le poids de son corps, tandis que je traverse la salle pour me diriger vers la sortie.
— On est vraiment des salauds de vous laisser un monde aussi pourri que celui-là…
Je n'en reviens pas qu'il ait dit ça. Fernand ! J'acquiesce d'un hochement de tête et sors en le saluant de la main. Dehors, à travers la baie vitrée, éclairée par la rangée de néons au plafond, je le vois qui balaie à nouveau. L'image fugace du tableau d'Edward Hopper, *Nighthawks*, que j'ai vu récemment dans un magazine, me traverse l'esprit.
Je me sens léger, léger, léger.

Trois jours plus tôt, mardi

Ce matin, je me suis réveillé avec la gueule de bois. Enfin, ce que j'imagine être les effets d'une gueule de bois, n'en ayant évidemment jamais eu. J'ai peiné à enfiler mon caleçon sans me prendre les pieds dedans, et j'ai boutonné ma chemise zig avec zag.
— Dis donc, Tristan, tu penses aller en cours fagoté comme l'as de pique ? me demande maman en me voyant pénétrer dans la cuisine.
Mon père est déjà parti brancarder à l'hôpital Dupuytren quand nous prenons le petit déjeuner. Ma mère commence son service aux Petites Frimousses à 8 heures 30. Je me reboutonne sans un mot. J'ai la tête encore remplie d'hier soir, de la réunion, de Nina. Nina…
Comme beaucoup de garçons de mon âge, j'ai déjà eu quelques flirts. Rien de sérieux. Des soupes de langues. Des découvertes tactiles assez pudiques du corps féminin. Des mots tendres vite dévitalisés par des répliques qui se veulent drôles, mais qui ne sont que des paratonnerres à ma gaucherie. En vérité, je ne sais pas m'y prendre avec l'autre sexe. J'ai toujours peur de trop en faire ou pas assez. Je bringuebale mon incompétence dans les méandres de l'à-peu-près. Bref, ma timidité dans ce domaine n'est pas un argument de séduction. J'empile mes échecs dans l'armoire de mes amours adolescentes. Mais Nina, c'est autre chose. Pour la première fois, je tiens vraiment à quelqu'un. C'est au-delà de la simple attirance. J'éprouve un véritable sentiment pour elle. Nina m'impressionne et me fait diablement envie. Envie de

mieux la connaître, d'entrer dans sa vie comme on entre dans un palais, à la fois émerveillé et conscient de sa chance. C'en est même un attrait douloureux, pareil à une brûlure qui cloque en moi.
— Hé ! Tristan ! Tu vas te mettre en retard à bayer aux corneilles. Regarde, tu n'as même pas fini ton bol de chocolat.
Je redescends sans parachute sur terre et m'écrase sur ma tartine qui pend mollement au bout de ma main. Je l'avale d'un trait sans mâcher et en manquant de m'étouffer.
— J'y vais, maman !
Je quitte la cuisine en quatrième vitesse, cours chercher mon sac à dos dans ma chambre et me chausser dans le vestibule. Je m'aperçois alors que j'ai enfilé deux chaussettes différentes, une rouge et une verte. Pas le temps d'en changer. C'est stylé, non ?
— À ce soir, m'man !

*

La matinée au bahut est une resucée de toutes les matinées que j'ai connues. Nous avons à peine eu le temps de nous saluer avec Nina qu'Abd' est venu me féliciter pour l'AG d'hier.
— C'est chouette ce que vous faites. Je viendrai vous aider pour les banderoles. J'ai des idées de slogans. J'ai tout noté, tu verras.
Sacha a voulu me faire écouter un passage de ce qu'il a enregistré hier soir. Celui où Nina reprend les mots de Greta Thunberg. Ça m'a fait un drôle d'effet, à rebours.

— Elle est bien cette fille, a commenté Sacha. Tu sais si elle a un copain ?
— Un copain ?
— Ouais, un p'tit ami, quoi.
— Oui, oui…
Je n'en sais rien, mais j'ai pensé à moi. Je me suis mis dans la peau de son petit ami et j'ai senti mon ventre se contracter.
— Dommage, a fait Sacha, j'aurais bien tenté ma chance. On verra bien...
Les cours se sont succédés et enfilés comme des perles sur un collier. J'étais ailleurs. Impossible de me concentrer. Je ne pensais qu'à mon rendez-vous de midi. Nina ne m'en a pas reparlé et je me suis demandé si elle avait oublié. L'horreur. Le lapin absolu. Je me suis imaginé devant elle, comme un couillon, Nina me fixant d'un regard interrogateur. Avais-je rêvé ? M'a-t-elle *vraiment* invité à la rejoindre ? Est-ce que je prends mes désirs pour des réalités ? À midi, je ne savais plus trop quoi faire. Y aller ? Ne pas y aller ? À la fin du dernier cours de la matinée, Nina s'est éclipsée sans m'attendre. J'étais sur des charbons ardents. Dans le couloir, je me suis posté derrière une fenêtre qui donnait sur l'agora. Elle est enfin apparue. Elle s'est dirigée vers son coin habituel et s'est assise, puis elle a croisé les bras et attendu. Il fallait que je me décide. Jamais je ne m'étais senti aussi seul. C'était peut-être la décision de ma courte vie. Courage, vieux.
— Hello !
Nina me sourit.
— Je t'attendais.

— Ah.
— Tu t'assois près de moi ?
— Oui.
Mais je ne bouge pas d'un iota. Mes pieds sont rivés au sol.
— Ben, qu'est-ce que tu fais ?
Finalement, je parviens à vaincre la pesanteur. Pourtant, mon corps pèse des tonnes. Je m'assieds donc à côté de Nina. Mais pourquoi laisser un aussi grand espace entre elle et moi ? Me rapprocher maintenant serait trop voyant. Genre le type qui cherche le contact. Mais ne pas me rapprocher, c'est créer une distance entre nous. Je me hais, je hais la terre entière, incapable que je suis de déterminer le meilleur choix à faire. Nina ne remarque rien de mon embarras ou fait semblant. Elle ouvre son sac à dos et en extirpe un autre sac, en toile celui-ci, d'où elle sort des trucs chelous.
— Des wraps, dit-elle, constatant mon air interrogateur.
Les seuls wraps que je connaisse sont au poulet. Les siens sont en tissu et semblent amidonnés.
— Tu connais pas ?
— Ben… Tu dis des wraps ?
— Oui. Des carrés de tissu qu'on enduit de cire d'abeille. Ça sert à emballer les aliments et ça remplace le plastique et autres papiers d'emballage. C'est réutilisable à l'infini.
Elle en profite pour en déballer un. À l'intérieur, il y a des sortes de galettes grillées, deux, assez larges et plus ou moins rondes.
— Ce sont des galettes de flocons de riz, d'avoine et de sarrasin avec des petits légumes hachés menus…

Ça se becte ce truc ? Mais je ne dis rien, me contentant de hocher la tête.
— C'est la première fois que tu en manges ?
— Non, je mens. Mais on n'en fait pas souvent à la maison.
Je vois d'ici la tête de papa si maman s'avisait de lui servir à table ces galettes « céréalières ». Je ne sais même pas s'il a conscience que ce genre de nourriture existe.
Nina m'en passe une. Je la prends prudemment, comme si elle risquait d'exploser entre mes doigts.
— Tu vas voir, elles sont délicieuses. C'est ma mère, qui les prépare. Elle et Joric sont d'excellents cuisiniers. Moi aussi je me débrouille pas mal. Un jour, je te ferai goûter mes muffins sans gluten, tu m'en diras des nouvelles.
Nina croque dans sa galette et commence à mâcher. Je l'imite. Sous mes dents, je sens une quantité de petites choses, genre graines de sésames, de chia, de pavot et d'autres encore, qui craquent. C'est pas mauvais. Un peu fade. Ça manque de ketchup à mon goût, mais je me retiens de faire la réflexion.
— Alors ? demande Nina.
— Très bon.
— Tiens, pioche.
Elle me tend un récipient rectangulaire en bois. En bois ? Ça ressemble à de la marqueterie cintrée. Dedans, des carrés d'un truc indéfini.
— C'est quoi ?
— Du tofu à la mangue. Il n'y a pas d'assaisonnement, c'est meilleur tel quel.
— Et le Tuper… enfin ça, c'est en… en bois ?

— En bambou.
— Ah bon...
— Tu sais, le bambou ça sert à un tas de trucs et c'est respectueux de l'environnement. Ça se recycle.
— Je me doute, je dis pour ne pas passer pour un abruti intégral.
Ce déjeuner est en fait une expérience aussi bien gustative que fonctionnelle. Je jette un œil discret autour de moi. Pourquoi ai-je peur qu'on me surprenne en train de picorer du tofu à la mangue dans un récipient en bambou tout en déchiquetant une galette végétale ? Est-ce un délit ?
— Et puis, le bambou, on peut aussi le tisser. Il y a plein d'applications et d'utilisations possibles. Tiens, moi par exemple, je me sers de tissus en fibres de bambou pour mes Plims.
— Tes *Plims* ?
Là, je suis largué et pas du tout prêt à manger des Plims en bambou.
— Oui, Sandra les fabrique. Elle a des modèles de différentes tailles et les monte avec des patrons.
Elle parlerait une autre langue que ce serait du pareil au même. J'ai presque terminé ma galette végan quand elle ajoute :
— C'est vachement efficace. Je n'utilise plus que les Plims de Sandra comme serviettes hygiéniques. C'est super absorbant...
J'ai avalé ma dernière bouchée de travers. Je serre les dents pour ne pas tout recracher. Des serviettes hygiéniques en bambou ! Nina m'en parle d'une façon si

naturelle… Quelle attitude adopter ? Cool ? Surpris ? Intéressé ? Choqué ? Carrément dégoûté ?
— Je te gêne pas, au moins, avec mes histoires de serviettes hygiéniques ?
— Penses-tu, je réponds, en essayant de faire passer le dernier morceau de galette par le bon tuyau afin de ne pas mourir étouffé.
Un ange passe, puis je goûte au tofu à la mangue. Pas mauvais. Texture bizarre mais mangeable. Un peu caoutchouteux quand même.
— T'en prends autant que tu veux, me propose Nina. J'ai un autre bloc en réserve si jamais tu as un gros appétit.
Elle me désigne un wrap de plus petite taille pour illustrer son propos.
— Ça ira, merci. Je me réserve pour le dessert…
Nina termine sa galette et le tofu. Elle range wraps et récipient dans son sac en toile, d'où elle sort maintenant un pot en verre et deux coupelles, que je suppose toujours en bambou.
— Tiens, prends celle-là. Je te passe une cuillère.
Dans le mille Émile, comme aime à dire mon père qui n'est pas le dernier des humoristes, la cuillère est en… bambou.
— C'est du soja soyeux mixé avec du coulis de fraise. Sandra le prépare elle-même. C'est sans sucre, mais la fraise suffit à parfumer et à adoucir. Tu vas adorer.
À l'intérieur du pot en verre, une substance que je qualifierais de gélatineuse et rosée, glougloute gentiment.
— Tu veux un peu de jus de grenade avant ?

Je ne sais pas pourquoi, mais j'imagine qu'elle va dégoupiller une grenade et me l'envoyer à la figure. C'est stupide, mais, à cet instant, j'avoue être un chouïa perturbé par toute la nourriture zarbi que je viens d'ingurgiter. Sans attendre ma réponse, Nina me tend une bouteille isotherme tatouée d'un dessin clanique, style tribu des îles Samoa.
— C'est Joric qui l'a décorée, précise Nina. Il a des talents d'illustrateur, mon père. Sandra n'a de cesse de lui dire de se lancer dans la BD, mais il préfère la sculpture. On en a plein notre jardin. Tu verras quand tu viendras à la maison.
L'invitation est implicite. Mon cœur fait un bond. Instant de pur bonheur. Dans un élan d'euphorie, je saisis la bouteille et bois une gorgée de jus de grenade. Ah ! La vache ! C'est acide et pas sucré. Qu'est-ce qu'ils ont dans sa famille contre le sucre ? J'ai l'impression que mes dents vont se déchausser.
— Tu aimes ?
— Très bon, je mens.
Je lui repasse la bouteille et elle boit à son tour. Elle n'a pas essuyé le goulot. C'est comme un baiser par transfert. Notre premier. J'en suis tout chose. Il faut que je me reprenne et trouve un sujet pour faire diversion... Il me vient alors à l'esprit qu'elle ne m'a rien dit de son passage hier chez le CPE. Tandis qu'elle sert le soja soyeux et purulent dans ma coupelle, je demande :
— Il te voulait quoi le CPE, hier ?
Nina se rembrunit.
— Des conneries…

Pour la première fois, j'entends un gros mot dans sa bouche.
— Tu veux pas me dire. C'est grave ?
— Non.
Elle avale une bouchée de son soyeux. Je tarde à en faire de même, puis me lance... C'est pas mauvais. Étrange comme consistance, mais finalement comestible.
— Bon... reprend Nina. Le CPE voulait me prévenir que des parents se sont plaints à la proviseure.
— Plaints de quoi ?
— On ferait, paraît-il, de la propagande au lycée. Je serais une agitatrice. Notre marche de vendredi est très mal vue par certains. La proviseure ne veut pas que son lycée devienne une tribune pour quelques illuminés.
— *Illuminés* ?
— Illuminés, c'est ce qu'a dit le CPE. Il m'a averti qu'il me tenait à l'œil. Que je n'avais pas à endoctriner les élèves. Que le lycée n'était pas une arène politique. Qu'il me tenait personnellement pour responsable des troubles engendrés par mon appel à la marche pour le climat. D'ailleurs, il va faire un mot sur PRONOTE à tous les élèves et aux parents. Ceux qui manqueront les cours vendredi recevront un avertissement. Les agitateurs passeront en conseil de discipline. Bref, on risque des ennuis...
— Il est sérieux ? Tes parents en pensent quoi ?
Nina termine son soyeux. Elle pose la coupelle à côté d'elle et se tourne vers moi.
— Joric voulait aller casser la gueule au CPE. Sandra lui arracher les couilles...

C'est assez radical, j'avoue.
— Je les ai calmés. Ils ont convenu que ça n'arrangerait rien. Mais ils me soutiennent, et tous ceux qui en seront. Ils préparent une lettre à la proviseure. J'ose à peine envisager ce qu'ils vont lui écrire, mais c'est de leur responsabilité.
Nous restons silencieux quelques minutes, chacun dans ses pensées. Le repas est maintenant terminé. Je voudrais qu'il ne finisse jamais. Être là, près de Nina, est extraordinairement agréable.
— Sinon, dit Nina en mettant fin à cet intermède silencieux, demain, à 14 heures, j'ai donné rendez-vous chez moi à Sacha, Abdelkader et quelques autres pour qu'on fabrique les pancartes et discute des slogans pour la marche de vendredi. Joric aura préparé le matériel, il nous aidera. Sandra s'occupe des boissons et préparera des crêpes. Tu pourras venir ?
Le fait que nous soyons nombreux ne m'enthousiasme pas. J'aurais préféré me retrouver seul avec Nina pour une première fois. Notre première fois…
— Évidemment, je réponds. C'est pas le CPE qui va m'en empêcher…
Nina sourit. Elle fourre dans son sac en toile les ustensiles dont nous venons de nous servir.
— Alors, ça t'a plu ce repas ?
Elle me pose la question sur le ton de la légèreté et, devant mon hésitation à répondre aussitôt, elle ajoute :
— Sois franc, tu me décevrais sinon.

— Eh ben... Disons que c'était déroutant. J'ai presque tout aimé, plus ou moins, sauf peut-être ton jus de grenade. Là, c'était un peu raide à mon goût...
Est-ce bien moi qui viens de parler ? Ma franchise me surprend et m'inquiète. Pourvu qu'elle ne le prenne pas mal. J'ose à peine la regarder. Et ce que je vois ne me rassure guère. Nina grimace. Tord la bouche. Bon sang ! Je me suis grillé ! Je ne la croyais pas si susceptible. J'en chialerais presque. Dernière fois que je suis franc avec une fille... Et soudain, un grand éclat de rire. Une déflagration qui me percute de plein fouet. Se fout-elle de moi ? Je sens mes dents grincer. Comment dois-je le prendre ?
— Tu verrais ta tête ! s'amuse-t-elle. Allez, respire, je te fais marcher ! Et merci pour ta franchise. Je me disais que si tu me racontais des bêtises comme beaucoup, ça ne collerait pas entre nous. C'était un test, Tristan. Remets-toi, on dirait que tu viens d'avaler une grenouille ! Je suis pas folle. Rassure-toi, je t'aime bien aussi.... Et même peut-être un peu plus... À voir...
J'essaie de rire avec elle, mais ça bloque dans ma gorge. J'ai eu la trouille, la vraie. Je lui en veux un peu quand même, sans encore estimer à leur juste valeur ses derniers mots. Je suis sous le choc, jusqu'à ce qu'elle se penche vers moi.
— Faut qu'on y aille, dit-elle.
Son visage est à moins de trois centimètres du mien. Je n'ai qu'à m'avancer un peu pour que nos lèvres s'effleurent. Mais comme d'habitude, je n'ose pas. Je reste comme un couillon, le blanc de mes yeux dans le sien. Je suis une cruche !

— T'es bien un garçon, m'assène Nina. Pas le courage de ses désirs...
Et elle pose ses lèvres sur les miennes. Doucement. À peine. Un rêve. La décharge électrique que je ressens me tétanise. M'a-t-elle embrassé ? Non ? Oui ? Sans le vouloir, j'ai fermé les yeux et quand je les rouvre, Nina est déjà debout, à cinq ou six mètres de moi, elle se dirige vers le bâtiment principal. La sonnerie de reprise des cours retentit soudain. Je sursaute. Me lève d'un bond. Me rassois, les jambes coupées.
— Nina !
J'ai murmuré en ayant l'impression de hurler. Nina disparaît à l'intérieur du lycée. Il y a des élèves dans l'agora. Ils devaient être déjà là quand nous déjeunions. Je ne les avais pas vus. Oubliés. Rayés de ma carte mentale. Des fantômes. Mais ils sont bien là et moi aussi. Je suis sur un petit nuage. C'est donc ça, le bonheur ?

*

— Mamie ?
Une demi-heure plus tôt, nous avons dîné avec les parents. Maman m'a dit avoir lu le mot du CPE sur PRONOTE. Ce n'est pas qu'elle me flique, mais elle est consciencieuse et se tient au courant de mes études.
— Quel mot ? a demandé mon père, en levant le nez de son assiette.
Moi aussi je l'ai lu. Nina avait raison, il n'y va pas avec le dos de la cuillère, le CPE. Ceux qui seraient absents vendredi pour des motifs autres que médicaux risquaient

le conseil de discipline. Rien que ça ! Il y était aussi expliqué qu'une minorité d'agitateurs au sein de l'établissement créait des problèmes. Il était rappelé que le lycée n'était pas une arène politique mais une institution neutre. Tous les parents devaient prévenir leurs ados que participer à ce genre d'activité entraînerait des sanctions lourdes, qui pouvaient aller jusqu'au renvoi temporaire.
— C'est au sujet de la marche pour le climat de vendredi, n'est-ce pas, Tristan ?
En me posant cette question, elle répond indirectement à papa.
— Encore ce truc ! a ronchonné mon père.
— On ne fait rien de mal. Faut pas vous inquiéter. On agite que dalle. C'est plutôt dans la tête du CPE et de la Proviseure que ça s'agite…
J'ai l'air assez confiant, mais je ne sais pas comment je réagirais si mes vieux m'interdisaient d'y participer. Je ne leur ai encore jamais vraiment désobéi pour des choses graves.
— Tu es certain, Tristan, que tu n'auras pas d'ennuis à cause de ça ?
— Mais oui, maman, c'est que du flan, je lui mens, parce que je n'en ai pas la moindre idée.
Mon père n'a pas bronché, mais je voyais à sa mine renfrognée qu'il doutait fortement de mon affirmation.
— Tristan, Tristan, Tristan, c'est toi ? s'inquiète Rolande.
Après le repas, je suis retourné dans ma chambre sans m'éterniser à table. Mes parents m'avaient fichu la frousse. Évidemment que je risquais des embêtements en organisant la marche pour le climat. D'un autre côté,

renoncer maintenant serait tourner le dos à Nina. Rien que d'y penser, j'avais le bourdon. J'avais besoin de me confier et de demander des conseils à quelqu'un. Et à qui d'autre que Rolande ? Depuis tout petit, mamie Rolande est la seule personne de la famille en qui j'ai confiance dans les moments graves. Jamais elle n'a moufté ni vendu un de mes secrets. C'est à elle, quand j'avais huit ou neuf ans, que je me suis confessé lorsque j'ai eu ma première pollution nocturne (je ne savais pas à l'époque que ça s'appelait comme ça, je l'ai appris plus tard). Un matin, je me suis réveillé le drap collé contre mon bas-ventre. Je n'étais pas complètement stupide, mais, l'espace d'un instant, l'idée que je puisse être malade m'a traversé l'esprit. Le dimanche suivant, dans la cuisine, alors que Rolande préparait des merveilles et que la friture embaumait la pièce, je me suis approché. Elle a immédiatement senti que quelque chose me tracassait. Les grands-mères sont ainsi faites, elles ressentent ce que les parents ignorent non pas par indifférence mais par pudeur. Du moins Rolande est comme ça, elle me devine au feeling.

— Qu'est-ce qui t'arrive ?

Elle s'est essuyé les mains sur son tablier et a saupoudré de sucre glace les merveilles dorées et gonflées. L'air embaumait la fleur d'oranger.

— Alors ? elle a fait, en se tournant vers moi. Qué se passa, titchoune ?

Rolande parle plusieurs langues, la plupart inventées. J'ai rougi jusqu'à la racine des cheveux.

— C'est que…

— Quoi donc ? Et dépêche un peu Tristan, sinon l'huile va noircir et il faudra que je la change.

D'une voix timide, avec des mots incertains et des circonvolutions, j'ai tenté de lui expliquer mon problème. Je voulais qu'elle me rassure et me dise que je n'étais ni un monstre ni malade ni je-ne-sais- quoi d'horrible !

— Les garçons…, j'ai terminé. Eh ben, ils font ce genre de choses, quoi, la nuit... Les copains en parlent à l'école.

Rolande s'est remise face à son plan de travail sans que son visage ne trahisse la moindre émotion. Elle a pris de la pâte entre ses doigts et a fait une boucle avec pour former une sorte de papillon avant de la jeter dans la friture. Elle a recommencé plusieurs fois l'opération et l'huile a fait de gros bouillons. Puis elle s'est de nouveau essuyé les mains sur son tablier avant de se pencher sur moi pour être à ma hauteur. Nos visages étaient à touche-touche. J'étais au bord des larmes. Qu'est-ce qui m'avait pris d'aller parler de ça à ma grand-mère ?

Rolande m'a claqué une énorme bise sur la joue.

— Qu'est-ce que vous complotez tous les deux ? s'est écriée maman en entrant dans la cuisine. Ça sent rudement bon ici !

— Ton fils vient de m'avouer qu'il avait eu une grosse envie… de merveilles !

Elle a mis un temps fou à finir sa phrase et mes jambes ont failli se dérober sous moi. Je m'en souviens comme si c'était hier. Et puis les merveilles n'ont jamais été aussi bonnes, du moins celles que mon père a bien voulu nous concéder après s'être empiffré.

— Alors, Tristan, Tristan, Tristan ? Il est tard. Pourquoi tu m'appelles ? Ton père est parti sauver la planète et ta mère joue la Pénélope éplorée ?
Je n'ai pas allumé. La chambre est donc plongée dans le noir. Je suis allongé sur le lit, le coude sur le matelas et la tête dans le creux de ma main. Je parle à mi-voix.
— Arrête, mamie… Non, c'est juste que j'ai quelque chose sur le cœur.
— Quoi donc ? Accouche, bon sang ! Tu me fais louper la moitié du film à la télé. *La grande vadrouille* avec De Funès et Bourvil !
Combien de fois avons-nous regardé ensemble avec Rolande ? Dès qu'il passe sur une chaîne, Rolande se cale devant son poste, un verre rempli de Marie Brizard posé sur la table basse qu'elle déguste par petites lampées, économisant son breuvage pour qu'il dure jusqu'à la fin. Une fois, elle m'en a fait goûter du bout des lèvres. C'était infâme, pire qu'un sirop contre la toux.
— C'est au sujet de la marche pour le climat…
— Encore ! Mais on en a parlé le week-end dernier !
— Je sais, mamie, mais là, au lycée, ils nous menacent…
Rolande a dû se déplacer. J'ai entendu comme le soupir caractéristique d'un coussin que des fesses dodues écrasent.
— Vous menacent de quoi ?
Je lui ai expliqué. Rolande a écouté sans me couper. À la fin, elle m'a demandé :
— Et toi, tu en penses quoi ?
Justement, je ne savais pas trop quoi en penser. Je le lui ai dit. Il y a eu un silence, puis :

— Il vaut mieux avoir des remords que des regrets. Expérimenter est un devoir. Tu dois le faire. Aujourd'hui les gens ne font plus, ils procrastinent et sont malheureux. Mais tu as surtout le droit de rater, de te tromper, d'être à côté de la plaque. Celui qui te dira que tu as raté, tu lui répondras que toi, au moins, tu as essayé. Il n'y a que ceux qui ne foutent rien qui ne risquent rien. Mais davantage encore, tu dois prendre tes responsabilités. Ne deviens pas comme ces adultes qui passent leur temps à s'excuser et à dénier leur responsabilité. Assume ! Fais ta marche. Organise-la, prends-en plein les gencives si c'est le cas et encaisse. C'est comme ça qu'on grandit. En désobéissant. Pas en restant le cul rivé devant sa boîte à jeux... comment t'appelles ça, déjà ?
— Une PlayStation, mamie.
— C'est ça, une PlayMachin. Donc, c'est pas en restant le cul dans ta graisse que tu deviendras un homme, Tristan... Et puis, dis-moi, y a pas un peu aussi de ta Nina dont tu m'as causé l'autre fois ?
Le bras sur lequel je suis appuyé s'est ankylosé. Je dois changer de position et le téléphone de main, ce qui retarde d'autant ma réponse, si bien que Rolande enchaîne :
— Réponds pas, mon grand. C'est pas la peine. Je sais. T'as le béguin, le ticket, la carte. Ta Nina, je suis sûre que ce sera la première...
— Hein ? La première quoi, mamie ?
— La première avec qui tu vas découvrir le loup. Enfin toi, ce sera la louve...
— Mais qu'est-ce tu racontes, mamie ? De quoi tu parles ?

— De ce qui dirige le monde, Tristan. L'amour ! Et de ce qui va avec : *le sexe*.
Si Rolande est directe, là c'est carrément un uppercut. Qu'est-ce qui lui fait croire que…
— Gamberge pas. J'ai connu ça. Moi aussi, j'ai été jeune un jour. Alors, il faut bien une première fois. Moi, ça été ton grand-père, Hector. On n'était pas très en avance à mon époque…
Heureusement que nous sommes chacun chez soi, sinon je ne saurais plus où me mettre. Savoir que la première fois de ma grand-mère a été avec mon grand-père n'est en principe pas une révélation extraordinaire. Mais l'apprendre là, ce soir, par l'intéressée elle-même, c'est assez dérangeant.
— Tu ne dis rien, Tristan ? Tu es gêné ? Ben, moi et Hector on s'est pas gênés, crois-moi. C'était pendant la révolution de mai 68, juste après qu'on ait foncé sur les CRS dans l'impasse. Je t'ai raconté cette histoire-là, tu t'en souviens ? Eh bien, ni ouille ni aïe, le soir même j'étais dans ses bras.
— Mais moi…
— Quoi, toi ? T'es différent du commun des mortels ? T'es une espèce de saint ? Je sais, les temps ont changé, les mœurs aussi. Vous faites ça à la va-vite, n'importe où.
— Mais non ! je me récrie. J'ai jamais…
— Tant mieux. Quand tu m'as parlé de ta Nina, y avait pas grand mystère, mon grand, c'est elle l'élue… De mon temps, on disait la « déniaiseuse ».

Comment Rolande peut-elle être aussi affirmative ? Nina ? Je suis sûr qu'elle ne pense même pas à ça. Elle est toute à la marche et pas à autre chose.

— T'y as jamais songé, ou peut-être rêvé, Tristan ? Sois honnête…

C'est comme si un milliard de ronces avaient poussé dans ma gorge et m'empêchaient d'être honnête.

— Non, jamais, je te jure !

— Ben voyons. Je te crois et je bois de l'eau, n'est-ce pas ?

— Alors, d'après toi, pour la marche, je continue ?

Je change de sujet. Je n'ai pas envie de poursuivre cette discussion gênante.

— C'est pas mes oignons, Tristan. T'es le seul maître à bord. Mais je sais ce que tu feras, parce que tu es mon petit-fils et que t'es du même moule que moi…

Je n'attendais rien d'autre de la part de Rolande. Cette sorte d'encouragement me suffit, même à demi-mot. De toute façon, c'est ce que je souhaitais, mais je n'étais peut-être pas assez courageux pour prendre la décision seul et sans avis.

— Merci, mamie.

— Pas de quoi. Et…

Rolande n'achève pas sa phrase. Ça dure et ça dure des plombes.

— Et quoi ? je finis par m'impatienter.

— Sortez couvert !

Rolande raccroche sitôt dit. Je reste un moment le smartphone collé contre mon oreille, hébété. Je l'imagine se fendre la poire chez elle. On ne la changera pas…

— Tristan ? Tu dors ? J'ai toqué trois fois mais tu n'as pas répondu.
La tête de ma mère apparaît dans l'entrebâillement de la porte de ma chambre.
— Tu es dans le noir ?
— Euh… oui.
— Je peux entrer ? J'allume ?
— Oui.
La lumière m'éblouit et je cligne des yeux.
— Je ne veux pas te déranger, dit ma mère en s'approchant du lit sur lequel je suis maintenant assis. Je voulais simplement te dire que nous avons discuté avec ton père…
Je m'attends au pire, du genre interdiction formelle de continuer à m'occuper de la marche pour le climat.
— Ah ?
— Oui. Bon, dans l'ensemble on est d'accord, à condition que ça soit non violent et que tu ne fasses pas de bêtises. Si tu as des problèmes avec ton lycée, on te soutiendra. Ils n'ont pas le droit de vous interdire quoi que ce soit. Cette marche est pacifique et ils devraient être heureux que des élèves s'engagent pour cette cause. Tu as notre feu vert.
— Papa...
— Ton père, tu le connais, Tristan, c'est un diesel, mais quand il est lancé…
Je me lève et vais prendre ma mère dans mes bras pour la serrer fort contre moi.
— Merci maman, vous êtes des parents formidables !

— Holà ! Ne dis pas n'importe quoi ! Tu risques de le regretter plus tard… Allez, je te laisse, bonne nuit mon chéri.
Elle s'apprête à sortir, quand soudain elle se ravise.
— Ah ! Et puis j'ai regardé la météo. Tu vois, même formidable, on reste malgré tout une mère poule. Vendredi, il risque de pleuvoir. Enfin, c'est pas sûr, mais il fera froid selon météo France. Pas question d'attraper la crève. Alors, tous autant que vous êtes, pensez à vous couvrir !
J'ai failli m'étrangler. Heureusement, elle quitte la chambre sans s'apercevoir de ma confusion. Deux heures plus tard, je ne dors toujours pas. Je gamberge et mouline des idées dans ma petite cervelle en ébullition.
La nuit va être longue...

Deux jours plus tôt, mercredi

Je passe et repasse devant l'entrée de la maison de Nina. Je suis en avance d'une bonne demi-heure. Le portail en bois plein et vernis culmine à bonne hauteur. Une haie de troènes me cache la vue sur toute la longueur. Le terrain doit être pas mal grand, la haie file sur une centaine de mètres au bas mot. Depuis mon arrivée au 66 rue des Alouettes, là où habite Nina, je n'ai vu personne. Aux dernières nouvelles, nous devions être au mieux une petite dizaine pour l'atelier pancartes. Ce matin au bahut, Nina était absente. Nous n'avions que deux heures de gym, le prof de math était porté pâle, celui d'anglais en formation. Je suppose que Nina a préféré préparer notre rendez-vous de l'après-midi. Je consulte ma montre. Moins le quart. Je sonne, j'en ai marre de faire les cent pas sur le trottoir. À force, le voisinage doit se demander ce que je fabrique.
— Tristan, c'est ça ?
— Oui, Monsieur.
Le père de Nina m'a ouvert et il me tend la main tout sourire.
— Ne m'appelle pas Monsieur, tu veux bien ? Appelle-moi Joric, sinon j'ai l'impression d'être un vieux machin bon pour la casse...
Papa aussi plaisante de temps en temps sur son âge. Il se prétend vieux, bon à mettre au rebut, etc. Mais je suis convaincu qu'il se plaint et joue sa chochotte uniquement pour qu'on lui dise que ce n'est pas vrai, qu'il est toujours jeune et peut encore tailler la route pendant des années. Maman le chambre parfois à ce sujet. Elle l'appelle pépé

ou grand-père, juste pour le taquiner. Dans ce sens, si c'est un autre qui fait référence à son âge, mon père apprécie moyen.
— D'accord, Mon… Joric.
Il me fait signe d'entrer et referme la porte derrière moi.
— Nina est dans sa chambre, elle est au téléphone. Tu es le premier. Elle a passé la matinée à préparer le matériel. Tout est dans l'atelier, derrière la maison, tu verras. Quand ma fille se lance dans un projet, c'est pas pour les mous du genou, crois-moi. Faut s'accrocher...
Nous suivons l'allée qui débouche sur un immense jardin en herbe. Je ne peux m'empêcher de marquer un temps d'arrêt. Ce que j'ai sous les yeux est stupéfiant.
— Tu n'es pas obligé d'aimer, Tristan, me prévient Joric. Peut-être Nina t'a touché deux mots de mon hobby ?
Je suis tellement interloqué que je ne lui réponds pas.
— Je sais, je sais… C'est un peu le foutoir. Sandra, ma femme, m'assure que ça devient invivable chez nous. Bientôt, on ne pourra plus faire un pas sans se cogner dans…
Ce sont des sculptures imposantes. Certaines sont plus hautes qu'un homme, d'autres d'une largeur conséquente.
— C'est mon bestiaire. Mes petites bébêtes à moi… Un océan animalier en plein air, appelle ça comme tu voudras.
Le père de Nina a installé une espèce de zoo marin sur terre. Le plus étonnant dans ces sculptures, c'est qu'elles sont toutes réalisées avec des…
— Ce sont des déchets ? je demande.

— Oui. Je n'utilise que des matériaux de récupération pour fabriquer mes sculptures. Viens, on s'approche et tu verras de plus près. Tu peux toucher aussi, c'est du solide.

Joric m'attrape par l'épaule, m'entraîne à sa suite et nous déambulons au sein d'un bestiaire extraordinaire.

— Là, dit Joric, c'est un requin blanc, pas blanc en fait puisque multicolore, mais grandeur nature. Il est assemblé de divers plastiques que nous avons ramassés sur les plages de Bretagne un hiver, il y a une dizaine d'années, pendant les grandes marées… Nous allions passer deux-trois jours sur place en famille. Nina n'était encore qu'une gamine, mais je crois qu'elle aimait bien glaner les plastiques échoués. Fallait juste surveiller qu'elle ne glisse pas sur les rochers ou ne soit recouverte par la flotte quand elle s'aventurait sur la plage. Sinon, c'était une chouette expérience, à part que nous étions consternés par la quantité astronomique de déchets que rejetait l'océan.

Des pelles, des têtes de nounours, de poupées — des Barbie clodos tellement les éléments les avaient amochées —, des couverts jetables, des râteaux, des pelles, des seaux, des débris de toutes les tailles, des moules pour faire des pâtés de girafe, d'éléphant et autres animaux *made in China*, des bouteilles d'eau minérale, de Coca, de tout, une trompette bleue de traviole, le tout en plastique que Joric avait ajusté, collé, mis en forme avec pour résultat un magnifique requin blanc polychrome plus vrai que nature et saisi dans son mouvement chaloupé.

— Une œuvre quasi indestructible, plaisante Joric. La durée de vie de ces plastiques est de 100 à 1000 ans. Tu vois, je fais dans le solide et le durable... malheureusement.

— C'est très beau, je dis maladroitement.

— Non, Tristan, ce n'est pas beau, c'est triste. Ces déchets sont le reflet de notre société de surconsommation. Je peux produire autant de sculptures d'animaux que je veux, je ne referai jamais la nature... La vie qu'on saccage, il nous est impossible de la recréer, tu sais. Nous ne sommes pas des dieux, loin de là...

Nous continuons notre pérégrination entre les sculptures, tandis que je me promets de ne plus dire d'âneries à l'avenir. Qu'est-ce qui est beau, qu'est-ce qui est laid ? Tout est subjectif, c'est de l'art et je suis un béotien en ce domaine. Alors bouche cousue.

Plus loin, nous croisons deux anémones de mer, l'une bleu ciel en bouteilles, l'autre corail en bouchons, ainsi qu'une étoile de mer blanche et jaune en copeaux de plastique. Je baigne en plein dans le jardin d'*Alice aux pays des merveilles*. Là, une pieuvre et ses gigantesques tentacules emprisonnent une machine à laver en piteux état.

— La machine, je l'ai trouvée dans un bois en me promenant, pas très loin d'ici. Quelqu'un s'en était débarrassé en pleine nature. Un sagouin...

Là, un macareux noir de deux mètres de haut entièrement en pneus se dresse sur ses pattes orange vif (des bouts de gilet de sauvetage). Il est grimpé sur un tas de filets de pêche translucides. Il ferait presque peur tellement il en impose.

— C'est Maurice, dit Joric. Les filets échoués, sur les plages, ce n'est pas ce qui manque. Et maintenant, là, regarde, lui c'est mon préféré…

Il s'agit d'un colossal poisson lune au milieu d'un carré de pelouse verte. Les yeux mangent un tiers du corps. Ce n'est pas très réaliste, mais ça en jette un max.

— Je l'ai appelé *Minamata*. C'est mon hommage personnel au drame survenu dans le village de Minamata au Japon, dans les années 50. Une intoxication au mercure des habitants de ce petit port de pêche côtier. On appelle cette intoxication l'hydrargyrisme. Une usine a pollué la mer en y déversant sauvagement du mercure et l'a nié pendant des décennies.

— C'est… c'est… impressionnant.

— Sandra dit que c'est surtout encombrant.

— C'est votre métier ? Vous êtes un artiste, Mon… Joric ?

— Non. C'est une passion qui m'est venue sur le tard, je veux dire, la sculpture. Avant, je m'adonnais à l'aquarelle. C'est plus délicat mais ça me ressemblait moins. Dès que j'ai un moment, je m'y mets. En vérité, je fais tout pour y passer le plus de temps possible...

Joric semble soudain songeur, avant de reprendre :

— Tu connais Lanza del Vasto, Tristan?

— Oui, un peu. Ma mère et ma grand-mère l'ont lu. Mais Nina m'en a parlé une fois.

— Je lui demanderai de te passer un livre de lui. C'était un type épatant. Eh bien, vois-tu, j'essaie de mettre en pratique une de ses célèbres pensées : « Ne perds pas ton temps à gagner ta vie. Gagne ton temps, sauve ta vie. » Pas mal, hein ?

J'imagine la tête de papa pour qui le travail et gagner sa vie sont les deux mamelles de l'existence. Mais peut-être faut-il une fortune personnelle pour mettre en application ce genre de philosophie ?
— Oui, pas mal, je réponds. Mais, il faut bien manger, non ?
— Tu as raison, Tristan. Manger, avoir un toit et donner une éducation à ses enfants. Ces trois choses sont indispensables et pour les avoir, il faut perdre son temps à travailler, c'est exact.
— Et vous…
— Moi ? Eh bien, je suis traducteur. Je bosse à la maison. C'est un bon compromis, tu ne crois pas ? Sandra travaille à mi-temps pour une ONG. À deux, nous arrivons à faire bouillir la marmite juste ce qu'il faut et à tenter de sauver nos vies de notre mieux. Ce n'est pas toujours facile, mais sans effort, où serait le plaisir, n'est-ce pas ?
J'acquiesce d'un hochement de tête. Je ne vois pas ce que je pourrais y redire. L'effort n'est pas un mot très tendance de nos jours. On préfère nettement le plaisir, les plaisirs. Nina m'a déjà dit un jour quelque chose comme ça, un truc bizarre. Il lui arrive souvent et hors de propos d'asséner sur la tête de son interlocuteur une phrase sortie d'on ne sait trop où. C'était, je cite de mémoire : « Quand j'ai mal, le plaisir n'est pas loin, suffit de le guetter pour le choper au vol »… Et elle m'a laissé en plan avec son aphorisme pour compagnon. Génial…
Nous traversons donc l'aquarium à ciel ouvert de Joric pour aboutir dans un coin du jardin et longer la maison sur une dizaine de mètres. Entre temps, j'ai eu l'occasion

d'apercevoir une sirène façon Niki de Saint Phalle (Joric m'a expliqué que c'était une sculptrice exceptionnelle qu'il aimait beaucoup. On peut admirer quelques-unes de ses œuvres dans un bassin devant le musée Beaubourg à Paris, par exemple) ; un squelette de baleine en bidons de plastique démembrés d'une blancheur surréelle et sous lequel nous passons ; et enfin un hippocampe géant en coques de smartphone de toutes les couleurs et tailles, une œuvre intitulée Apple les urgences, dixit Joric.

— On va faire le tour et aller directement à l'atelier, les autres ne vont pas tarder et Nina va descendre, je pense.

Joric m'ouvre le chemin.

— Ici, de ce côté de la maison, j'ai installé ma collection d'humains dans une vitrine contre le mur. Tiens, la voilà...

Derrière la vitre, sur quatre tablettes, sont disposées de petites sculptures d'une vingtaine de centimètres chacune environ. Elles représentent toutes des hommes et des femmes, dans diverses positions.

— Des briquets, Tristan. J'en récupère tous les jours dans la rue. Les gens les jettent n'importe où. Un peu moins ces temps-ci, les campagnes anti-tabac ont fait de l'effet. Comment tu trouves ?

— Sympa, je dis, sans trop m'avancer.

Par rapport à ses sculptures marines et animalières, ces briquets font un peu...

— *Kitch* ! C'est à ça que tu penses, je me trompe, Tristan ?

— Euh... non. Enfin, j'aurais pas employé ce mot, mais c'est dans l'idée...

— Aucun problème, tu sais. Sandra aussi trouve mes bonshommes et mes bonnes femmes ringardes… Elle les a baptisés *Les feux faux laids*.

Nous repartons. Apparaît bientôt la façade de ce que Joric nomme l'atelier et qui ressemble davantage à un chalet en bois monté sur pilotis avec un toit végétalisé et des cuves pour récupérer l'eau de pluie.

— C'est ici. Mais avant d'entrer, viens jeter un coup d'œil derrière.

Surprise. Nous nous retrouvons face à un robot géant façon Terminator. Il est deux fois plus grand que Joric et d'une largeur conséquente. Ses bras sont écartés du corps, comme s'il s'apprêtait à me saisir entre ses mains battoirs. Il fait un pas, son buste est penché en avant. Franchement classe et impressionnant.

— Pas terminé, dit Joric. J'ai pompé l'idée à la firme *Timberland*. Ils ont fait réaliser un robot géant entièrement composé de déchets plastiques bien plus grand que le mien à l'occasion de la Design Week de Milan en 2019. Alors je m'y suis collé à mon tour. J'ai encore des finitions à terminer… *Timberland* a une démarche industrielle soucieuse de l'environnement, paraît-il. Sandra dit que c'est du *greenwashing*. Je ne suis pas tout à fait d'accord avec elle. Bref, ça se discute.

— Vous allez le laisser là après ? Ce serait dommage, non ?

— Pas du tout. J'ai l'intention de le mettre bien en évidence à l'entrée de la maison. Je prévois de tailler la haie pour faire sa place à mon robot. Les gens de l'extérieur le verront de la rue et j'espère que ça les fera un peu réfléchir... s'ils comprennent l'intention. Sandra dit que j'aurai des problèmes avec les voisins. Peut-être, mais j'avoue que je m'en fous un peu.

Finalement, nous retournons sur le devant, à l'entrée de l'atelier. Joric grimpe les trois marches jusqu'à la porte et ouvre.

— Ah ! Vous êtes là !

Nina nous interpelle au moment où nous nous apprêtons à entrer. Elle est en compagnie d'Abd' et de Sacha.

— J'ai ouvert le portail à ces deux-là, dit-elle. Les autres vont arriver dans une minute ou deux je pense. Tu veux pas te charger de les accueillir, papa ? Pendant ce temps, nous, on commence à s'installer.

Tout le monde se serre la main. Je fais la bise à Nina. Elle sent bon et sa peau est fraîche et tiède. Ne me demandez pas comment c'est possible...

— OK, dit Joric. Je vous laisse. Si vous avez besoin d'un coup de main pour vos travaux, n'hésitez pas, je suis dans le coin. Sandra ne rentre que tard dans la soirée, tu le sais, hein Nina ?

— Oui, elle est en déplacement avec son ONG, mais elle a mis de côté pour moi des pots de peinture et des cartons récupérés au magasin bio.

— Exact. Et je t'ai préparé des branches bien droites qui pourront vous servir de manches pour vos pancartes. Bon, bossez bien. Je vais voir si les autres ne sont pas déjà là à attendre qu'on leur ouvre. La sonnette est défaillante parfois, faut pas trop s'y fier.

Joric redescend les trois marches et nous laisse entre nous.

— On rentre, propose Nina en donnant l'exemple.

— *Yallah* ! T'as vu les sculptures ! me glisse Abd' en passant devant moi.
— Ouais. J'ai eu droit à une visite par l'artiste himself.
— Moi, ça me fout les jetons, ces trucs, commente Sacha, qui question art est plutôt du genre primaire.
— Alors, qu'est-ce que vous glandez ? crie Nina de l'intérieur.
Nous entrons fissa dans l'atelier.

*

Un grand éclat de rire général retentit.
Nous sommes en fin de compte six à nous être retrouvés chez Nina. Abd', Sacha, Lucie (une des trois filles qui se sont désistées de l'organisation), Linda (une fille de seconde que je rencontre pour la première fois), Nina et moi. Nina était un peu déçue que nous ne soyons pas davantage, mais elle a relativisé en estimant que six, c'était déjà pas si mal. Nina reste positive et c'est agréable. Trop de gens ne perçoivent que le côté négatif des choses, y compris ma pomme, j'en ai bien conscience.
Après nous être concertés, nous avons décidé de commencer par un *brainstorming*.
— Remue-méninges, je préfère, a pinaillé Abd'.
Nous nous sommes assis en rond à même le sol en bois ciré et Linda a été nommée secrétaire de séance. Il s'agit dans un premier temps de la partie cérébrale : trouver des slogans qui flashent et synthétisent notre pensée et notre engagement pour le climat. On s'attellera plus tard à la tâche de les peindre, bomber ou graffer sur les cartons avant de les fixer sur les manches préparés par Joric.

L'éclat de rire primitif est le fait d'Abd' qui a été le premier à proposer un slogan. Dix minutes que nous cogitions et n'osions pas nous lancer. Nina, j'en suis persuadé, en avait plein sa musette, mais ne voulait pas jouer à la meneuse de revue. Elle nous avait expliqué dès le début de la séance qu'elle n'envisageait pas qu'il y ait un chef qui dirige, mais que nous devions collaborer et former une équipe où chacun était à égalité avec les autres.
— C'est un travail participatif et collectif. Nous allons mettre nos cerveaux en commun et réfléchir tous ensemble. Il n'y a pas de bonnes ou de mauvaises idées. Nous en débattons et nous choisissons à la majorité. Vous êtes d'accord ?
Tout le monde a hoché la tête et on s'est mis à gamberger ferme. Et donc Abd' a lancé le premier slogan :
— *Arrête de niquer ta mer* !
Il y a eu un court instant de stupéfaction générale avant que Sacha n'éclate de rire, suivi par tous les autres à des degrés différents.
— Mer, écrit M- E- R bien sûr, a tenu à préciser Abd', mais je pense que nous avions tous saisi l'astuce.
— C'est abrupt, remarque Lucie après que nous ayons retrouvé notre calme.
— J'aime bien, dit Sacha. C'est direct et ça veut dire ce que ça veut dire.
Linda, stylo en main, attend la suite des propositions qui ne vient pas. Il y a un moment de flottement, personne n'ose s'aventurer. Finalement, Nina ouvre les hostilités avec : « La Terre n'est pas à vendre ». Nous embrayons

comme si la vanne ne devait jamais se refermer. Linda écrit, la pointe du stylo bille crisse sur le papier.
— Pas si vite ! se plaint-elle. J'arrive plus à suivre.
Quand enfin plus personne n'a d'inspiration, Nina demande à Linda de lire une par une et à haute voix toutes nos trouvailles.
— OK, j'y vais.
D'une voix lente, en détachant chaque mot, Linda égrène les fruits de notre imagination :

Phoque le réchauffement climatique
Sauve la Terre, mange un lobbyiste
Il n'y a pas de planète B
Prendre soin de la planète, ça commence dans l'assiette
La vie est un long fleuve pollué
Je suis le contraire de la planète, elle sèche, je mouille
Pas de climat, pas de chocolat
Make the planet great again
Seul le rhum doit faire monter la température
Les licornes ne sont peut-être pas réelles, mais la crise climatique l'est
Stop au racisme des poubelles
J'ai pas la thune pour aller vivre sur la Lune
Ta planète, tu la veux bleue ou bien cuite ?
Les calottes sont cuites
Error 404, planet B not found
Moins de riches plus de ruches

Quand Linda a fini, nous nous regardons comme si nous n'étions pas les auteurs de ces slogans, ce qui, pour la majorité d'entre eux d'ailleurs, est le cas. J'en connaissais déjà quelques-uns. On a beaucoup taxé notre mémoire et les souvenirs que nous avons des images des dernières manifs pour le climat. Mais pour la bonne cause, le plagiat est un droit.

— On peut pas tous les garder, dit Nina, va falloir faire un tri.

La demi-heure suivante, nous la passons à discuter et à argumenter. Au final, nous optons pour dix slogans que nous taguons, peignons, graphons sur des cartons et montons tant bien que mal sur les manches en bois de Joric. Une fois la partie manuelle achevée, nous adossons nos pancartes contre un mur en rondin pour avoir un effet d'ensemble. Le tout aura duré un peu moins d'une heure, et sans chômer.

— Ça en jette, commente Sacha.

— J'crois qu'on a fait du bon boulot, non ? s'inquiète Abd'.

Nous tombons d'accord pour dire qu'on s'est pas mal débrouillés. Mais l'atelier est un vrai capharnaüm, et nous commençons à remettre un peu d'ordre, quand Joric entre.

— Waouh ! s'exclame-t-il, bon public.

Il s'avance et passe en revue les pancartes.

— J'adore vraiment celle-là : « Pas de climat, pas de chocolat ». C'est super ce que vous avez réalisé, les jeunes. Chapeau bas.

Il nous salue dans un simulacre de courbette comique mais déroutante pour moi. Des adultes capables de se moquer d'eux-mêmes et de faire les idiots devant des jeunes, je n'en connais pas beaucoup.

Joric nous aide ensuite à nettoyer l'atelier, puis nous dit qu'il doit filer pour chercher le goûter. Pendant que nous travaillions, il a cuisiné des muffins et il y aura des boissons bio, des toasts de pain complet, de la pâte à tartiner maison et bien sûr, les crêpes à la farine de coco que Sandra a préparées à l'avance pour nous.

— Y a un slogan auquel on n'a pas pensé ! s'écrie Lucie.
— Lequel ? demande Linda.
— Ça m'est venue à cause de la pâte à tartiner maison. Écoutez : « Nutella réveille votre diabète et détruit la planète ».
— Exact, commente Abd'.
— Ce sera pour une prochaine fois, coupe Nina.
— « Orang-outang emporte le vent », plaisante Joric, faisant un lien direct entre la déforestation de la forêt primaire indonésienne, la disparition des orangs-outangs et le Nutella.

Nina lui lance un regard agacé. Joric sort en se marrant doucement, tandis que nous terminons les ultimes rangements.

— Ton père, lui, il sait où se trouve la cuisine, remarque Sacha, non sans ironie.

Nina sourit.

— Il a dû être une femme dans une autre vie... et clown aussi.

*

Sur ma table de travail, dans ma chambre, j'ai entreposé les nouveaux flyers que nous a remis Nina quand nous avons quitté l'atelier après le goûter. Sandra en avait commandé cinq cents à *Copy Fast*. Nous avons pour

mission de les diffuser dans le lycée pendant les récréations et dans les couloirs aux interclasses.
— Discrétos, hein... nous a recommandé Nina. Je suis pas certaine que l'administration et le CPE ne fassent pas une crise si nous sommes trop voyants. Pigé ?
Quelle après-midi ! Avant de partir, j'ai fait, comme il se doit, la bise à Nina. Elle en a profité pour me prendre la main et la serrer quelques secondes dans la sienne. Nos doigts ne se sont pas entrecroisés, je crois que c'était l'idée de départ, mais j'étais trop surpris et crispé pour qu'elle trouve l'ouverture. On s'est regardés dans le blanc des yeux. J'ai le premier détourné la tête, les jambes en coton et le cœur en surchauffe. Plus tard, j'ai vérifié en catimini qu'elle ne faisait pas la même chose avec Abd' et Sacha. Que c'était pas un truc rituel chez elle, du genre *high five*. Eh non, juste une bise et voilà, bye bye les gars et à demain au bahut. J'ai eu du mal à contrôler mon émotion, au point d'être pris d'une furieuse envie d'uriner. Discrètement, j'ai demandé à Joric où étaient les toilettes, alors que Nina raccompagnait Linda, Lucie, Abd' et Sacha jusqu'au portail d'entrée.
— Viens, je t'y conduis.
J'avais l'intention de lui dire que j'étais assez grand pour y aller seul, mais il était déjà en route. Ça m'a semblé bizarre qu'on doive sortir de la maison, passer à travers les sculptures marines et aller jusqu'à une espèce de petit cabanon dissimulé au sein d'une bambouseraie à laquelle je n'avais pas prêté attention en arrivant.

— C'est ici, laisse tes flyers dehors, tu les reprendras en sortant, a dit Joric en ouvrant la porte du cabanon. Toilettes sèches. Ça t'ira ?
— Très bien, j'ai menti.
Je suis entré. Il n'y avait pas de verrou à l'intérieur. J'ai soulevé l'abattant et j'ai pissé dans un sceau rempli de sciure. La marche à suivre était indiquée sur une feuille punaisée en face de moi. *Pour les néophytes : Faire ce que doit (vous savez), essuyer ce que doit itou (le papier recyclé de fabrication maison est sur votre gauche, pas de crainte, il supporte les frottements) prendre une louche de sciure (pas trop compliqué pour vous ?), verser (et viser bien !), refermer l'abattant (doucement, on n'est pas des sauvages), bravo (vous venez de vivre une expérience formidable !)* Quand je suis sorti, Joric avait disparu. J'ai repris mes flyers et j'ai coupé par le jardin pour parvenir devant le portail qui était grand ouvert. Personne ne m'attendait. Je suis parti, l'espoir déçu de me retrouver seul avec Nina.
Maintenant, allongé sur mon lit, en tee-shirt et caleçon, après avoir dîné et raconté dans les grandes lignes à mes parents ce que nous avions fait chez Nina, je gamberge un max. Je devrais pourtant être sur mon petit nuage, heureux des attentions de Nina pour moi. Il semble qu'un truc matche entre nous. Perso, je sens que je suis ferré. Je n'ai encore jamais dit « je t'aime » à une fille. Pas facile, comme exercice. C'est soit too much soit trop ringard. Mais je crois que, pour Nina, je serais volontiers le ringard too much de service. Cependant, je ne vois pas ce qu'elle me trouve. Je ne suis pas terrible physiquement, pas un

beau gosse de magazine, pas trop intelligent non plus. Disons quelconque, dans la moyenne potable. Elle, non seulement elle est belle, mais aussi d'une intelligence supérieure. Tout le monde la remarque quand moi je passe inaperçu. Je suis le mec lambda, l'ado insipide à souhait. Et ça me fout le trac, parce que j'ai peur de me faire des idées. De me prendre un rateau. Tant que j'espère, je ne suis pas déçu, je peux encore me faire mon petit cinéma. D'un autre côté, à jouer les timides, je risque de passer mon tour, de donner l'impression de ne pas être intéressé alors que c'est tout le contraire. Bref, je suis amoureux. Un état qui tord les boyaux et file le tournis. Et aussi, je me pose la question de savoir si je ne participe pas à cette marche pour le climat pour de mauvaises raisons. Uniquement pour Nina, pour être près d'elle, humer le même air qu'elle, la frôler, la sentir, me nourrir de sa présence.
Toutes ces interrogations, ces hésitations, ajoutées à mon penchant pour la procrastination, tournent en rond dans ma tête. Je m'endors vers une heure du matin, crevé et anxieux pour les jours à venir. *Pas de Nina, pas de chocolat...*

La veille, jeudi

— Salut fils.
— Tu n'es pas parti au travail, papa ?
— Non, j'avais un jour de RTT à rattraper et pas le choix du jour, donc ce jeudi je suis de relâche. Tu commences à quelle heure au lycée ?
— 8 heures.
— Du café ?
— Au lait, merci.
— Ta mère se prépare pour partir à la crèche, m'informe-t-il, avant de se lever, de prendre la cafetière et de verser du café dans mon bol, puis de sortir le lait du frigo.
— Je te laisse doser, dit-il en posant la brique de lait devant moi avant de se rasseoir.
Quand nous nous retrouvons seul, mon père et moi, il y a toujours un moment de gêne commune. Ni lui ni moi ne savons par quel bout nous prendre. Ce sentiment est assez récent, comme si nos relations avaient changé de mode. Pour mon père, je pense que je me métamorphose de plus en plus en petit homme. Je ne suis plus l'enfant qu'il faisait sauter sur ses genoux et qu'il emmenait au parc. Je ne dis pas que je suis son égal, mais ma place au sein de la famille s'est sensiblement modifiée. Une sorte de compétition entre nous s'est instaurée qui, aussi naturelle qu'elle était avant, est devenue plus animale et plus brutale.
— À quelle heure tu rentres, ce soir ? On pourrait se faire un cinéma avec maman en fin de journée, non ?

— Je sais pas. On aura peut-être des choses à voir avec Nina pour la marche pour le climat de demain. Normalement, je termine à 16 heures 30...

Mon père boit une gorgée de son café. Le silence s'instaure entre nous. Je vois, à ses sourcils froncés, que quelque chose le chagrine. En général, il ne faut pas attendre longtemps pour que ça sorte.

— Votre marche, c'est un peu du flan, non ? À quoi ça peut bien servir ? Ça changera rien...

Je prends le temps de boire une gorgée de mon café moi aussi. Mon père n'aime pas les ennuis, les changements, tout ce qui pourrait lui apporter de la contrariété. Je le soupçonne de ne pas apprécier ma participation active à cette marche. Surtout pour des raisons d'émancipation. On commence par une marche et on finit junkie dans un squat, voilà un peu le genre de raisonnement que son esprit tortueux doit échafauder.

— Tu te trompes, je dis. Le changement climatique nous concerne d'abord nous, les jeunes. C'est nous qui allons en subir les conséquences.

— Bla bla bla... Des conneries. Des changements climatiques, il y en a eu de tout temps. Il y a déjà eu des ères glacières, rien de neuf sous le soleil.

— Oui, mais sur des millénaires, papa. Pas un tel changement en moins de cent cinquante ans, avec l'avènement de l'ère industrielle.

Il repousse son bol et soupire ostensiblement. La moue dont il me gratifie est éloquente.

— Ben voyons ! On nous rabâche ce truc depuis des lustres. Mais, mon garçon, sans l'ère industrielle et les

progrès qu'elle a entraînés, tu n'aurais pas de portable, pas de voiture, d'avion, d'eau chaude, de vie facile et j'en passe, et des longues comme le bras. C'est un peu gonflé, je trouve, de cracher dans la soupe quand on en profite.
— Mais la croissance infinie sur une planète finie, c'est impossible papa. On ne peut plus vivre en gaspillant et en surconsommant.
— On peut aussi tous se terrer dans des trous à rats et bouffer des racines !
Il se lève et va mettre son bol dans le lave-vaisselle. Il le fait un peu trop brusquement et casse un verre qui s'y trouvait.
— Et merde !
Il se retourne, furibard, comme si j'étais le fautif.
— C'est cette Nina qui te met ces idées dans la tête ?
— On en parle, c'est vrai. Avec elle, je comprends certaines choses. Mais j'étais déjà sensibilisé, tu sais. En SVT, par exemple…
— SVT, c'est les Sciences Naturelles, c'est ça ? De mon temps, on appelait les choses simplement, on compliquait pas tout pour embrouiller les gens…
— Du temps des dinosaures tu parles, je plaisante, essayant de donner un ton plus léger à la conversation qui devient pesante.
Papa me lance un regard noir.
— En tout cas, Tristan, que ça ne pose pas de problèmes dans tes études. Pas question de jouer au con avec ton histoire de marche pour le climat !
C'est dit avec défi, presque une menace. Par bonheur, ma mère entre dans la cuisine à ce moment-là.

— Ah ! Vous êtes là, mes hommes. Je fais vite sinon je vais être en retard, je…
Elle nous observe l'un après l'autre, remarquant soudain la tension qui règne entre mon père et moi.
— J'ai raté un truc ? elle demande.
— Ton fils a viré khmer vert, répond papa avec une moue de dégoût.
— Ridicule, je me rebiffe. Dis plutôt que tu es un sale réactionnaire !
Cette réplique, je ne sais pas d'où je la sors. Elle m'est venue toute seule et déjà, je la regrette. Le visage de mon père s'empourpre. Il ouvre la bouche mais ma mère prend les devants :
— Holà, tous les deux ! On respire un coup et on se calme. Il n'est pas 7 heures et demi du matin que déjà j'assiste à un combat de coqs. Vous allez me faire le plaisir de baisser d'un ton. Toi, Tristan, je te prie de ne pas dire des âneries plus grosses que toi. Quant à toi, Alberto, si tu réfléchissais un instant à ce que les khmers rouges ont fait, tu ne dirais pas ça de ton fils. Alors maintenant, chacun part de son côté et s'occupe de ses oignons, d'accord ?
Avec mon père, nous nous jaugeons mutuellement avant de rompre. Il n'y aura ni vaincu ni vainqueur, seulement deux adversaires blessés. Je file sans un mot dans ma chambre prendre mon sac à dos. En repassant devant la cuisine pour quitter la maison, j'entends maman dire à mon père :
— Toi aussi tu as eu son âge, Alberto. Et puis, cette histoire de marche pour le climat, c'est plutôt une bonne chose, non ?

Pour seule réponse, j'entends une espèce de grognement d'ours mal léché.
Plus tard, sur le chemin du lycée, j'ai honte de moi. Je regrette mes paroles et me promets de m'excuser auprès de mon père dès ce soir. Je lui enverrai un texto dans la journée pour lui dire que c'est une bonne idée d'aller au cinoche. Même si nos rapports ont changé, je reste son fils, quel que soit mon âge. Et puis je l'aime et il m'aime. Le fait que nous soyons deux couillons trop pudiques pour nous l'avouer ne change rien à l'affaire.

*

Le cours d'allemand n'a pas encore débuté. Nous venons juste de nous asseoir quand une pionne frappe à la porte et entre. La professeure l'interroge du regard.
— Nina Delbos et Tristan Chapuis, vous êtes convoqués chez la proviseure.
Nous nous levons et rangeons nos affaires dans nos sacs. On se doute des raisons de notre convocation. Il est 10 heures 15, nous avons déjà pas mal tracté devant le bahut et dans les couloirs. Abd', Sacha, Lucie et Linda se sont occupés de distribuer les flyers à la récré. On a vu le CPE débouler comme une furie et arracher littéralement des mains de Linda son paquet de flyers. Lucie en a été le témoin et a vite dissimulé les siens. Abd' et Sacha se sont carapatés en douce. Linda a suivi le CPE dans son bureau. Nina et moi nous attendions donc à subir les conséquences de cette « arrestation ». Nous n'avons pas eu le temps d'en parler, mais nous nous y sommes préparés psychologiquement.

— Laissez vos sacs, vous reviendrez en cours après avoir vu Madame Rey, précise la pionne.
Cinq minutes plus tard, nous sommes dans le bureau de la proviseure, madame Rey, assise dans son fauteuil, le CPE debout en retrait derrière elle, en cerbère. Elle ne nous invite pas à prendre place sur les deux sièges libres.
— Bien, dit-elle en guise d'amuse-bouche, puis plus rien, silence radio.
Elle nous toise comme si nous étions des bestiaux de foire agricole. Je n'ai jamais eu de problèmes avec elle. On dit que c'est une proviseure juste qui connaît son métier. Je danse d'un pied sur l'autre, tandis que Nina ne bronche pas. Je jette un œil de côté pour l'observer. Son profil est de toute beauté. Son petit nez fin est constellé de taches de rousseurs, j'adore toujours autant.
— Bien, reprend madame Rey au bout d'un moment. Monsieur le CPE me dit que vous êtes responsables d'un tractage sauvage au sein de l'établissement. Est-ce exact ?
Nous répondons « oui » en chœur.
— J'aime mieux ça, vous êtes honnêtes. Parfait. Vous savez qu'il est interdit de tracter dans le lycée. L'établissement est un espace neutre. Pas de politique, pas de religion ou je-ne-sais-quoi d'autre.
Elle marque une pause, scrutant notre réaction. Comme il n'y en a aucune, elle continue :
— Il me semble qu'une recommandation de Monsieur le CPE sur PRONOTE vous a été adressée ainsi qu'à vos parents…
Nouveau silence, puis :
— Cette dernière était-elle assez explicite ?

— Oui, répond Nina.
— Parfait. Alors Tristan, pouvez-vous m'expliquer par quel raisonnement absurde vous en êtes venus à tracter dans le lycée au sujet de cette soi-disant marche pour le climat ?
J'avale ma salive. Il faudrait que je trouve quelque chose à dire mais la question est suffisamment fermée pour qu'elle me mette sans autre alternative sur la défensive, donc en position de faiblesse. J'ouvre malgré tout la bouche dans le but d'expliquer au mieux notre intention quand Nina pose une main sur mon bras.
— Laisse, Tristan.
Elle détache aussitôt sa main et s'adresse à la proviseure sur un ton aimable, comme s'il s'agissait d'une discussion entre amies.
— Le raisonnement est assez simple, Madame la Proviseure, et je suis étonnée qu'il vous paraisse absurde...
Madame Rey a un mouvement d'humeur imperceptible, mais parvient à se contenir et à garder un visage impassible. À la différence du CPE dont j'aperçois les poings se serrer ainsi que la mâchoire, ce qui a pour résultat de creuser ses joues.
— À l'initiative de Greta Thunberg, je suppose que vous avez entendu parler de cette jeune Suédoise…
Nina suspend son explication. La proviseure ne dit rien et Nina embraie :
— … et parce qu'en ce qui concerne le changement climatique, la raison est de notre côté, nous organisons une marche, demain, comme vous le savez. Il s'agit simplement pour nous d'en informer les élèves afin qu'ils

puissent décider librement s'ils viennent ou non. Nous n'imposons pas, nous communiquons. Rien de politique ou vous-ne-savez-quoi d'autre dans notre démarche. Simplement de l'information objective.

Une suée inonde mon dos. Bien que fort civilement exprimé, Nina vient de balancer un uppercut dans les gencives de la proviseure. Et vu l'état du CPE, c'est lui qui en a ressenti l'impact dans les dents. J'aimerais être six pieds sous terre. Si Nina continue, on va se retrouver collés les mille prochaines années.

— Mademoiselle ! s'écrie le CPE. Vous vous prenez pour qui ?

— Nina Delbos, élève de première et soucieuse du changement climatique, répond-elle sur un ton d'une extrême politesse.

Elle va nous le faire exploser, le CPE. Je ne serais pas surpris de voir de la fumée lui sortir par les oreilles. La suée dans mon dos s'est transformée en grande marée.

— Je... commence le CPE.

— Une seconde ! le coupe madame Rey.

Un silence de mort s'installe dans le bureau. La proviseure note quelque chose sur un bout de papier.

— Monsieur Tristan Chapuis, vous êtes d'accord avec Mademoiselle Delbos. Vous êtes solidaire ?

Plus de salive. Une boule dans l'estomac. Des genoux qui jouent des castagnettes. Je suis au bord du malaise. Je tourne la tête vers Nina. Elle me sourit. Son calme n'est absolument pas rassurant. En revanche, son sourire est comme un baume bienfaisant sur ma panique.

— Oui, je dis, d'une voix de fausset enroué.

— Je vois, commente la proviseure.
— Vous voyez quoi ? demande Nina.
— Ne soyez pas insolente, Mademoiselle !
Le ton monte d'un cran comme, me semble-t-il, la température dans la pièce. Jusqu'à mes chaussettes qui sont trempées.
— Ce que vous ne voyez pas, Madame la Proviseure, c'est l'urgence climatique. Nous allons être, nous les jeunes, les victimes de ce changement, dont vous, les adultes, êtes responsables. Vous…
— Ça suffit ! hurle le CPE.
Nina ne le regarde même pas et continue :
— Vous devriez nous encourager à prendre les responsabilités que *vous*, vous n'avez pas prises. Il faut que les dirigeants du monde entier prennent la mesure des conséquences de leur inertie et de leur impéritie.
Impéritie ! Va falloir que je cherche dans le dico. Où va-t-elle chercher ce mot à ce moment précis ?
Pendant que Nina parle, un sourire narquois naît sur les lèvres de madame Rey.
— Souriez, Madame. Souriez et laissez-nous prendre en charge notre avenir.
— Bien, vous avez fini ?
— Nous ne faisons que commencer.
— Je me doute, ironise la proviseure.
Nina reste de marbre. Quelques secondes s'écoulent avant que madame Rey reprenne l'initiative :
— Et que pensez-vous que nous devrions faire ?

Le CPE a bien une petite idée de ce qu'il ferait, lui : nous botter le cul et nous renvoyer à nos chères études. Ça se voit comme le nez au milieu de sa figure rubiconde.
— Ne plus menacer les élèves qui manqueront les cours pour participer à la marche pour le climat. Nous permettre d'informer au sein du lycée. Sûrement nous encourager dans notre démarche citoyenne. Organiser un débat, plus tard. Faire de la pédagogie.
— Rien que ça, souligne madame Rey. Finalement, Nina Delbos, vous m'amusez.
— J'en suis ravie.
Je vais m'évanouir. « Arrête, Nina ! » je hurle dans ma tête. Dans deux secondes, le CPE va sauter par-dessus le bureau et nous étrangler de ses propres mains.
— Mais revenons aux choses sérieuses, pose calmement madame Rey. Ouvrez grand vos oreilles et gardez bien ce que je vais vous dire en mémoire, ça vous évitera de gros ennuis. Je vous interdis, vous et vos amis, nous les connaissons et les avons à l'œil, de tracter au sein de l'établissement. Je vous tiendrais responsables, tous les deux, si jamais on vous y reprend. Vous passerez alors en conseil de discipline... En attendant, je convoquerai vos parents la semaine prochaine. Je ne sais pas s'ils sont au courant de vos agissements, nous verrons bien. Mais sachez dès à présent, et nous ferons passer un mot une nouvelle fois dans ce sens ce soir, que tous les élèves absents demain pour une raison autre que médicale seront sanctionnés lourdement. Me suis-je bien fait comprendre ?
— On ne peut mieux, Madame la Proviseure, assure Nina sans présenter la moindre émotion.

Cette fille est bâtie dans du roc, nom de Dieu ! J'ai dû déjà perdre deux kilos et mes jambes me soutiennent à peine.
— D'autre part, Mademoiselle et Monsieur, je vais prendre contact auprès de la Préfecture pour les prévenir…
— Nous avons déjà l'autorisation de la Préfecture, Madame. Un itinéraire a été déposé et validé pour notre marche.
La proviseure est prise au dépourvu. Elle marque le coup, mais se reprend aussitôt :
— Je vais quand même le faire. Je vais aussi prévenir le Rectorat. Pas question que j'endosse la responsabilité de vos bêtises si elles tournent mal.
— Faites, acquiesce Nina.
Le CPE se penche sur la proviseure et lui parle à l'oreille.
— Oui, oui, consent madame Rey, sans que nous sachions de quoi il s'agit.
Elle note encore quelque chose sur une feuille et relève la tête.
— Vous passerez en sortant à l'administration. Monsieur le CPE vous remettra, pour signatures de vos parents, les billets concernant les deux heures de colle que vous effectuerez la semaine prochaine. Elles sanctionnent vos agissements du jour en violation du règlement intérieur de l'établissement. Est-ce bien compris ?
Nina hoche la tête en signe d'assentiment. J'ai l'impression de me déboîter le cou en l'imitant.
— Monsieur le CPE, veuillez emmener ces jeunes gens, s'il vous plaît.

Nous sortons du bureau de la proviseure en compagnie de notre garde chiourme. Nina m'a pris la main. Elle la serre fort dans la sienne. Sa paume est moite. Que dire de la mienne ! C'est le premier signe de stress tangible chez elle. Mais que cette main est douce ! Nous parvenons ainsi à la vie scolaire.
— Attendez ici, ordonne le CPE.
— Ça va, toi ? demande Nina.
— Je… je fais aller...
Ma voix tremble. À mon grand dam, Nina me rend ma main.
— Tu ne m'en veux pas ? s'inquiète-t-elle.
Je n'ai pas le temps de lui répondre, le CPE est déjà de retour. Il nous tend à chacun les billets. Nous les prenons et les empochons.
— Et maintenant, retournez en cours et que je n'entende plus parler de vous de toute la journée !
— Avec plaisir, répond Nina.
— Vous ! s'écrie le CPE.
Il fait un pas menaçant vers Nina qui ne bouge pas d'un centimètre. Cette fois, c'est moi qui interviens.
— Si vous la touchez, je suis témoin. Nous porterons plainte…
Un chouïa mélodramatique, mais je me sens soudain l'âme d'un chevalier servant. Je pourrais même lui en coller une s'il s'en prend physiquement à Nina. J'en serais capable. La montée d'adrénaline dans mes veines me fait monter en pression.
— Laisse, dit Nina. On y va. Merci pour tout, dit-elle en s'adressant au CPE, et nous sortons de la vie scolaire.

Nous n'avons pas fait dix mètres que j'éclate en sanglots sans qu'aucun signe précurseur ne m'ait averti. Quelle honte ! Le contrecoup, certainement, mais c'est quand même la honte. Me voilà en larmes au milieu du couloir. Le plus terrible c'est que Nina assiste à mon pitoyable effondrement. Pourtant, il m'est impossible d'endiguer mes pleurs. Je suis en même temps pris de frissonnements irrépressibles, comme si je grelottais de froid.
— Ça soulage, dit Nina. Vas-y, ne te retiens pas, après, tu verras, ça ira mieux. Moi aussi j'ai eu peur et j'ai l'estomac au bord des lèvres. Il n'y a rien de honteux.
Je ne crois pas un seul instant qu'elle ait eu peur. Elle le dit pour me consoler et que je ne me sente pas comme un idiot à chialer toutes les larmes de mon corps.
— Respire un bon coup, me conseille Nina.
J'obéis. Les sanglots s'espacent bientôt. C'est fini. Et c'est vrai que ça soulage. Je me sens plus léger, beaucoup mieux. Le hic, c'est que maintenant j'ai le nez qui coule et évidemment pas de mouchoir sur moi.
— Tiens.
Nina me tend un mouchoir. Je lui tourne le dos pour qu'elle n'assiste pas aux premières loges à mon mouchage puissance dix. J'empoche presto le mouchoir.
— Tu te sens mieux ?
— Oui, merci Nina.
— Allez, faut qu'on y aille. On a raté une demi-heure d'allemand avec ces bêtises.
Elle me prend à nouveau la main et c'est comme entrer dans un tunnel lumineux. Malgré les deux heures de colles

à venir, le savon de la proviseure et les menaces qui pèsent sur nous, la vie n'a jamais été aussi belle.

Il ne nous reste que quelques mètres à parcourir avant d'arriver devant la salle d'allemand, quand soudain Nina me pousse d'un coup d'épaule par la porte ouverte d'une salle vide. Avec le pied, elle la referme en la claquant.

— Qu'est-ce qu'il y a ? je demande, surpris et inquiet.

Il y a que Nina s'approche et me roule une pelle. Je suis scotché. Étourdi. À deux doigts de tomber dans les vapes.

— Ça fait un moment que je voulais t'embrasser, m'assure-t-elle en décollant sa bouche de la mienne. Et puis, je me suis dit que tu n'oserais jamais faire le premier pas.

Avant que j'aie eu le temps de reprendre mes esprits, elle m'entraîne dans le couloir, direction la salle de classe. Après avoir toqué à la porte, nous entrons. Je dois être plus rouge qu'une tomate mûre. Nous allons nous asseoir sans un mot et la professeure reprend dans la langue de Goethe, quelque chose comme « Also sagte ich... » Inutile de préciser qu'ensuite le cours d'allemand est incompréhensible pour moi.

*

Le film en est à la moitié et je n'ai rien vu. Mes parents sont assis de part et d'autre de mon fauteuil. J'ai fait la paix avec mon père. Il a répondu au texto que je lui ai envoyé ce midi et il s'est excusé de s'être emporté. Je suis entièrement absorbé dans mes pensées. L'après-midi au lycée a été plutôt rock'n'roll. Nina a séché les cours pour se poster ostensiblement devant le bahut et distribuer des flyers. Nous ne nous sommes pas concertés. J'ai bien tenté

de l'attirer un peu à l'écart, mais elle avait toujours un truc à faire. Son baiser est gravé dans ma mémoire. Il a effacé ma timidité naturelle. J'aimerais lui dire le fond de ma pensée. Que je l'aime. Est-ce trop tôt ? Faut-il pousser le bouchon plus loin ? Attendre ? C'est à la fois compliqué et extrêmement excitant.
— Chouette film, hein ? me glisse papa à l'oreille.
— J'adore, je lui mens.
Ce jeudi, en fin d'après-midi, la salle est quasi vide. Maman a acheté des pop-corns que nous grignotons à tour de rôle en piochant dans le pot king size qui est sur mes genoux. Mes doigts sont collants de sucre. Le film est un biopic sur la vie de Charles de Gaulle avec Lambert Wilson dans le rôle-titre. Maman a un petit faible pour cet acteur qu'elle trouve beau et intelligent. Mon père, bien entendu, le trouve quelconque et maniéré. D'un naturel jaloux, mon père n'avouerait jamais, même sous la torture, que ce de Gaulle sous les traits de Lambert Wilson a beaucoup plus de charme que le vrai. Il tapote de temps en temps mon genou. Un geste affectueux que j'apprécie à sa juste valeur. Mon père n'est pas très démonstratif côté sentiments. Ma mère, elle, a les yeux fixés sur l'écran, captivée.
Donc, Nina a tracté. Elle avait demandé à Abd', Sacha et les filles de ne pas prendre de risques. Elle a repris leurs flyers et les a distribués devant la grille du lycée sous les yeux de la gardienne. Le CPE est passé voir mais s'est abstenu d'intervenir. Ce qui se passe à l'extérieur n'est pas de son ressort, mais je suppose qu'il fera son rapport à la proviseure. Le plus étonnant s'est produit en dernière

heure de cours. J'étais assis près d'une fenêtre qui donnait sur l'entrée du bahut. Au début, Nina était à son poste, mais après une dizaine de minutes elle avait disparu. Mon inquiétude est montée d'un cran, puis de deux. Où était-elle passée ? J'ai tendu le cou pour augmenter mon champ de vision.
— Tristan, un problème ? m'a interpellé le prof d'histoire-géo.
— Non, Monsieur.
— Alors, si vous voulez bien être des nôtres…
Lambert Wilson inspecte à l'écran une troupe de soldats de la France Libre au garde-à-vous. Son pas est long, démesuré, une imitation de celui du vrai de Gaulle. Je regarde distraitement défiler et les images et le Général. Ma grand-mère Rolande, un dimanche, alors que nous avions vu à la télé une parade militaire dans un quelconque pays, avait eu cette réflexion acerbe mais qui lui correspond bien : « Prestige de l'uniforme… connerie sous toutes ses formes. »
Nous étions presque à la fin de l'heure quand les haut-parleurs ont diffusé une annonce et toute la classe s'est bidonnée. C'était quand même sacrément gonflé de la part de Nina. En rentrant chez moi, sur le chemin, j'ai reçu un texto : Alors, comment tu as trouvé ? C'était Nina. J'ai voulu l'appeler mais je suis tombé deux fois sur son répondeur. J'ai laissé un message : *Tu crois pas que tu y as été un peu fort ? Le CPE a dû faire une syncope. Comment tu t'y es prise ? T'as pas peur que ça craigne pour toi ?* Je n'ai pas eu de réponse jusqu'à ce que nous fassions la queue au cinéma avec mes parents pour acheter

les billets. Son nouveau texto : *Faut ce qu'il faut. Elle avait qu'à pas nous prendre pour des quiches, la mère Rey.*
— Mets ton téléphone sur silencieux, Tristan, m'a demandé ma mère en pénétrant dans la salle.
L'annonce dans les haut-parleurs du bahut n'a duré que quelques secondes : *Salut à tous, ici Nina Delbos. Demain est organisée une marche pour le climat. Départ de la place du Palais de Justice à 10 heures, arrivée place de la République. Nous comptons sur vous. La proviseure nous soutient officieusement, et...* Ça s'est arrêté net. On a entendu un cri, j'ai reconnu la voix d'une pionne puis un grésillement avant que le micro ne soit coupé. Le prof de math a demandé le silence, mais un sourire sur ses lèvres trahissait son amusement. J'ai jeté un œil sur l'entrée du lycée et Nina est apparue. Elle courait. Je ne sais pas si on la poursuivait, mais elle fonçait et elle a bientôt disparu après avoir traversé la rue.
— Un bon film, commente maman.
La salle n'est toujours pas éclairée et le générique de fin se déroule à l'écran.
— Tu as aimé, Tristan ?
— C'était super, maman.
— Bof, j'ai trouvé que l'acteur principal jouait comme un pied.
Papa y va de son commentaire mesquin en se levant et en enfilant sa veste.
Maman soupire.
— Mais tu sais que tu es le plus beau, mon chéri... le charrie-t-elle.

— C'est ça, ouais... En tout cas, ton Wilson, il est pas bien fameux et il vieillit mal.
Ma mère ne relève pas. Nous sortons de la salle au moment où les lumières reviennent. Dans le hall, je rallume mon téléphone et réactive le son. Il y a eu un appel de Nina, mais pas de message.
— Attendez-moi, il faut que j'aille aux toilettes, je préviens mes parents.
Je file sans leur laisser le temps de réagir. Je m'enferme dans une cabine et m'assois sur la cuvette. J'appelle.
— Allô, Nina ?
— Salut Tristan.
— Merde, t'as vraiment fait ça !
— Calme-toi... Si tu parles de ma prestation au micro, j'ai profité d'un moment d'inattention dans le bureau de la vie scolaire. Au départ, je venais prendre mon sac à dos que j'avais laissé dans un couloir pour pas m'encombrer pendant que je distribuais les flyers dehors. T'as dû voir que j'ai dealé devant le bahut...
— Ouais. Mais ensuite...
— Eh bien, au retour, après avoir récupéré le sac, en passant devant la vie scolaire, j'ai remarqué que tous les pions étaient dans le bureau du CPE. La porte n'était pas complètement fermée. Il y avait deux élèves qui attendaient je ne sais quoi. Bref, ça m'est tombée dessus comme la foudre. Pas le temps de me poser des questions. Je suis entrée. Je suis passée derrière leur comptoir. J'ai appuyé sur le bouton rouge du micro et j'ai envoyé la sauce.
— T'avais pas peur de te faire choper ?

— J'y ai même pas pensé... Avant que j'aie le temps de terminer, il y a eu un raffut du tonnerre dans mon dos. Pas difficile d'imaginer que mon petit message n'avait pas laissé indifférent. J'ai pris mes jambes à mon cou. Une pionne gueulait après moi, mais personne ne m'a prise en chasse. Ensuite, j'ai filé sans demander mon reste.
— C'était super ! je la félicite. T'es vraiment une sacrée fille...
— Tu le découvres ?
Sa réflexion me fait rougir. Je dois être ridicule, assis sur la cuvette des chiottes à téléphoner.
— T'es où ? demande Nina.
— On sort d'une séance de ciné avec mes parents. On va rentrer à la maison.
Pas question que je lui avoue l'endroit exact où je me trouve. La honte...
— Y s'est rien passé ensuite ? je la questionne pour changer de sujet.
— Si. La proviseure a appelé personnellement mes parents. Ils ont parlé une dizaine de minutes et Sandra est venue me voir ensuite...
— Alors ?
— Elle m'a *grondée*, si tu vois ce que je veux dire. Pas engueulée, grondée. Elle a dit que mon père et elle avaient rendez-vous avec la proviseure dès lundi au lycée. Paraît qu'elle est vénère.
— Aïe...
— T'en fais pas. Sandra m'a avoué qu'elle aurait fait la même chose à ma place, mais que j'en assumerai les

conséquences comme il se doit. Normal. Faut savoir assumer, pas vrai Tristan ?

— Ouais, je dis, pas sûr de moi. Bon, faut que j'y aille. On a toujours rendez-vous demain à 9 heures 45 devant le Palais de Justice ?

— Plus que jamais ! répond Nina.

Et maintenant, comment lui dire au revoir ? En bon copain ? En conspirateur ? En amoureux ?

— Tristan ? prend-elle les devants.

— Oui.

— Je t'aime bien, tu sais.

— Moi aussi.

— C'est tout ?

— Quoi ?

— Seulement *bien* ?

J'ai soudainement très chaud. La balle est dans mon camp. Ça sent le coup monté. Prendre ses responsabilités...

— Non, Nina. Je crois que... Je... Je t'aime.

— Ah ! Quand même !

— Je…

— Moi aussi, Tristan, je le crois. Allez à demain !

Elle raccroche. Il me faut une bonne minute pour me démouler de la cabine des toilettes et regarder mon reflet dans la glace piquetée de tain au-dessus du lavabo. J'ai l'air d'alunir. Je me passe de l'eau sur le visage et m'essuie avec une serviette en papier avant de sortir.

— Ça va, Tristan ? me demande maman quand je les retrouve devant le cinéma. Tu as l'air tout chose.

— Ce sera ton Lambert Machin-Chose qui lui a refilé la courante, répond à ma place mon père.

— Ne dis pas des âneries, veux-tu, Alberto... Alors, mon chéri ?
— Je vais bien, maman.
Et je me sens obligé d'ajouter :
— Comme jamais.

La marche pour le climat, vendredi

Ma mère a laissé un mot bien en évidence sur la table de la cuisine : *Mon chéri, prends soin de toi. Ton père et moi te retrouvons ce soir. Si ta marche pour le climat prend fin avant le début des cours de l'après-midi, va quand même au lycée. Ça fera plaisir à Alberto, tu le connais... On t'embrasse fort. Maman.*
Je me suis levé à 8 heures, mes parents sont déjà partis travailler. Je replie le mot et le glisse entre la ceinture de mon caleçon et la peau. Je n'ai pas pris la peine de m'habiller puisque je suis seul à la maison. J'ouvre le frigo, sors le lait et bois à même la brique — quand le chat n'est pas là, les souris dansent ! Mon père hurlerait s'il me voyait faire. Travaillant à l'hôpital, il a une peur bleue de tout ce qui est microbes, bactéries et autres virus (il ajoute toujours le qualificatif assassin après virus). Combien de fois ne m'a-t-il pas fait la leçon sur la transmission des maladies... Je repose la brique et attrape un reste de saucisson qui traîne dans une coupelle. La peau est couverte de salpêtre et il ne doit pas dater de la veille, mais ça ira pour ce matin. Lait plus sauciflard, un mélange exotique et passablement dégueu.
Cette marche me trouble davantage que je veux bien l'admettre. Plus tôt, je me suis réveillé la tête farcie d'interrogations. Suis-je un lâche si j'ai peur ? De quoi ? Des flics ? Des répercussions au bahut ? De la foule, s'il y a foule ? Que ça dégénère ? Autant de questions qui me font mouliner de la cervelle au point de la réduire en pâtée pour chat.

Et puis, en ouvrant mon portable, j'avais un SMS de Nina : *RDV 9 heures 45 devant le Palais de Justice. Le premier arrivé attend l'autre, on répartira les pancartes entre les présents. Slt.* Le style sobre ne m'a pas plu. Je l'ai relu trois fois, à la recherche d'une trace de... de quoi, au juste ? J'ai répondu OK, sans plus, histoire de marquer le coup. J'ai immédiatement regretté ma sécheresse. J'ai renvoyé un second texto : Bises, espérant un retour qui n'est jamais venu.

Sur quel pied danser ? Hier soir, au téléphone, n'étaient-ce que des mots en l'air ? Des *je t'aime* de pacotille ? Et puis, je me suis souvenu qu'elle ne l'avait pas dit mais seulement *moi aussi et je crois*. Ai-je pris mes désirs pour des réalités ? J'avoue que j'aurais souhaité un réveil plus serein.

Bref, me voilà de nouveau dans ma chambre. Je me suis brossé les dents en ayant l'illusion que le brossage atténuerait le mauvais goût laissé par la combinaison saucisson et lait. Pas vraiment... Maintenant se pose à moi une nouvelle question : je m'habille comment ? En jogging pour être à l'aise ? Idée stupide. J'ai toujours eu en horreur les types qui se baladent toute la journée en survêt. Je fouille donc dans ma commode puis dans ma penderie. J'opte pour un vieux jean, un tee-shirt uni et un blouson. Je chausserai plus tard mes baskets, parce que je suis peinard dedans et ne risque pas de choper des cloques. Enfin, je me mire dans la glace. Deux-trois mouvements de jambes, une pose fashion victim, et je ne suis finalement pas convaincu de ne pas avoir l'air débile comme souhaité...

Il est 9 heures 10 quand je quitte la maison. Je ferme la porte à clés, les fais glisser dans une poche du jean. Le Palais de Justice est à une vingtaine de minutes de la maison, je serai en avance. Sur le chemin, je baisse la tête dès que je croise quelqu'un. C'est idiot mais je me sens vaguement coupable, prêt à enfreindre un interdit. Sans raison, pourtant. Délinquant simplement parce que je vais participer pour la première fois de ma vie à une manifestation ? Est-ce gravé sur mon front ? Et puis, il faudra crier à tue-tête des slogans. Je ne m'en sens pas capable. J'ai toujours trouvé grotesques les gens qui hurlent des revendications en défilant en meute. Qu'ont-ils à y gagner ? Est-ce nécessaire de manifester dans la rue pour se faire entendre ? Notre marche pour le climat n'est-elle pas un coup d'épée dans l'eau ? Ne nous faisons-nous pas tout simplement plaisir ? Voilà les questions qui reviennent au galop. À ce rythme, je vais faire demi-tour, rentrer chez moi, m'enfermer dans ma chambre et m'y terrer jusqu'à la fin des temps.
— Tristan !
C'est Nina. Sans m'en rendre compte, l'esprit dans les choux, je suis arrivé devant le Palais de Justice. Nina est en compagnie de son père et de deux autres adultes. Je me dirige vers eux d'un pas d'automate, la gorge serrée. Joric me tend une main accueillante.
— C'est Tristan, les gars ! Tristan, voici Bernard et Pierrot (ces derniers me serrent la pogne à tour de rôle). Des copains. On va assurer votre service d'ordre. Regarde…

Joric me montre le brassard que lui et ses amis portent autour de leurs bras droits. Ils sont orange. Y est inscrit en noir et en majuscule le mot SÉCURITÉ.
— On veillera à ce que tout se passe bien. Mais normalement, pas de souci à se faire, me rassure Joric. Z'êtes pas des apaches !
A-t-il senti mon trac et mon angoisse à peine déguisés au travers d'un sourire... de travers ? Toujours est-il qu'il m'explique en détail que le cortège suivra un itinéraire balisé jusqu'à la place de la République. Pierrot et Bernard assureront les côtés et lui s'occupera de l'arrière afin que personne ne traîne ou ne s'égare. Nina en profite pour m'embrasser sur les deux joues, des bises claquées. Et me glisser à l'oreille (son haleine chaude irradiant sur ma peau) :
— J'ai laissé les pancartes là-bas, sur les marches du Palais.
Bien que banale, cette phrase m'enveloppe dans une sorte de bien-être planant. Suis-je devenu crétin ou quoi ? Je regarde par-dessus son épaule, mais ne suis attiré que par la blancheur et la courbe de sa nuque qui aimantent mon attention, peut-être un peu trop ostensiblement d'ailleurs.
— Bon, les jeunes, finissez vos mamours, nous, pendant ce temps, avec Bernard et Pierrot on va voir le gradé pour lui expliquer qui on est et ce qu'on compte faire. Après on revient...
D'abord, je ne comprends pas de quoi parle Joric. Le gradé ? Quand, en les observant qui s'éloignent, j'aperçois un car de CRS garé le long du trottoir.

— Les flics, souffle Nina. Mon père sait les caresser dans le sens du poil.
— Qu'est-ce qu'ils font là ? je demande.
— Ils vont encadrer la marche. C'est juste une formalité.
— T'es sûre ?
— Pourquoi, tu comptes sortir un flingue ou une kalach et canarder à tout va ?
Je rigole bêtement, pris en flagrant délit de balourdise.
— Tiens ! V'là Sacha et Linda ! s'exclame Nina. M'étonnerait pas que ces deux-là se soient trouvés des affinités, si tu vois ce que je veux dire... Ah, j'oubliais ! Abd' m'a laissé un message, ce couillon s'est fracturé la cheville en jouant au foot avec des copains, hier soir. Sur des béquilles, l'Abd'. Conséquence : il ne viendra pas.
Nina lève les yeux au ciel en signe de consternation avant de filer seule rejoindre Linda et Sacha. Je jette un regard à Joric et ses amis qui discutent avec un CRS. Deux autres uniformisés me tournent le dos. Sur leurs gilets pare-balles sont écrits en grosses lettres blanches 3C. J'ai déjà vu ce genre d'inscription aux infos. Ce doit être le numéro de leur compagnie. Ceux de la télé, eux, bastonnaient des gilets jaunes. J'avale ma salive, ce souvenir n'est pas fait pour me rassurer.
— Hé, Tristan ! Qu'est-ce que tu fous ?
Nina me hèle. Elle se trouve devant les marches du Palais à côté des pancartes avec les autres. Je les rejoins.
— Salut Sacha. Salut Linda.
— Salut ! me répondent-ils en chœur.
— Vous sortez ensemble ?

Mais qu'est-ce qui me prend ? J'ai pété un plomb ou quoi ? Pourquoi avoir dit ça ? Ça ne me regarde pas, c'est hors sujet, nul. Quel sombre idiot !
— P'têtre... répond Sacha. En tout cas, si on fait des petits, on t'en garde un...
Linda lui donne un coup de coude dans les reins. Nina se marre.
— S'ils sont poilus comme toi, en ce qui me concerne, ce sera sans façon, renchérit-elle.
Tout le monde rit. Le mien, de rire, est une sombre imitation du leur.
— Regardez ! En voilà d'autres ! s'écrie Sacha
Des lycéens arrivent par grappes. Nina part à leur rencontre pour les accueillir. Pendant ce temps, Joric vient nous donner les dernières infos.
— C'est OK pour la flicaille. Ils se tiendront à distance. Ils sont d'accord pour qu'on assure l'essentiel du boulot. Je leur ai dit que vous étiez des pacifiques et ils n'en doutent pas. Leur gradé à l'air d'un type sympa. D'ailleurs, sur ce genre de manifestation, ils hésitent à envoyer des bourrins. Bon, maintenant on va se prendre un petit kawa avec Bernard et Pierrot au café du coin avant le début des choses sérieuses. On vous retrouve tout à l'heure, les mômes. À plus...
Sacha et Linda acquiescent, puis s'activent à séparer les pancartes et à les trier.
— Tu prends laquelle ? me demande Linda.
Si je n'avais pas peur de passer pour un dégonflé, je dirais aucune. Je n'ai pas trop envie d'attirer l'attention sur moi.

Il y a un monde entre la mise en œuvre et l'action, mais il est trop tard pour reculer.

— Celle-là, je dis, en la montrant du doigt.

Sacha se baisse, la ramasse et me la tend.

— Je l'aurais parié ! s'exclame-t-il en me gratifiant d'un coup de poing amical sur l'épaule.

Je m'en retrouve flanqué sans trop savoir quelle attitude adopter, quand Nina nous revient en compagnie de plusieurs lycéens.

— Les premiers arrivés, les premiers servis ! lance-t-elle. Allez-y, n'hésitez pas, choisissez celle qui vous tente.

Puis elle enquille son bras sous le mien et m'entraîne à l'écart.

— On sera en tête de cortège avec Sacha et Linda, m'informe-t-elle. Lucie n'y tient pas trop à cause de ses parents… Je sais même pas si elle vient. Elle a promis, mais je la comprendrais si elle s'abstenait. Son père est un vrai connard capable de lui mener une vie d'enfer.

— OK, on lui pardonnera alors. Tu n'en prends pas ? je lui demande en désignant ma pancarte.

— Nan. Moi je me charge du mégaphone. Un vieux porte-voix qui a servi dans le temps à Joric. J'ai préparé quelques couplets pas piqués des hannetons, tu verras... Eh ! Jenny !

Nina a repéré une copine et s'élance aussitôt vers elle. Je la laisse aller, scotché que je suis en plein milieu de la place du Palais de Justice. Après quelques secondes de tergiversation, je lève la tête, comme pour m'assurer que je ne rêve pas.

Au-dessus de moi, ma profession de foi pour les deux prochaines heures à venir : **Pas de climat, pas de chocolat.**

*

Nous démarrons avec une demi-heure de retard. Les CRS s'impatientaient, ils sont venus à plusieurs reprises aux nouvelles auprès de Joric, qui a su temporiser. Si bien qu'à 10 heures 30, nous sommes une bonne soixantaine, peut-être davantage, au milieu de la rue. Quelques minutes plus tôt, Justin a débarqué en compagnie de sept de ses copains. Tous semblaient spécialement bien affûtés. Je ne sais pas ce qu'ils ont avalé au petit déjeuner, mais ils sont en forme et le montrent. Un peu trop à mon goût. Justin s'est approché de moi, un sourire en banane éclairait sa face de smiley content de lui. Ses yeux brillaient d'excitation, il m'a salué à sa manière :
— C'est hyper cool ici, mec. J'sens qu'on est en plein dans le turfu là !
Avec Nina, Linda et Sacha, nous étions déjà à notre poste en tête du cortège. Joric s'apprêtait à donner le signal du départ. Les CRS se tenaient en retrait, à distance comme convenu. Le soleil brillait et la journée s'annonçait radieuse. Des commerçants nous observaient du pas de porte de leurs commerces. Il m'a semblé que certains nous considéraient avec une certaine condescendance ou au mieux avec amusement, genre *faut bien que jeunesse se passe*. Ou *se tasse*, aurait ringardisé mon père.
— C'est bon Nina, tu peux y aller !
Joric a donné son feu vert avant de se laisser couler en queue de manif. Nina a balancé son premier mot d'ordre

dans le mégaphone récupéré quelques minutes plus tôt dans le coffre de la voiture de son père. Elle a réglé le son à fond et j'ai bien cru que mes tympans explosaient.
— *Fin du monde ! Fin du mois ! Changeons le système, pas le climat !*
Tout le monde a repris en chœur et on a entamé la marche comme un seul homme.
Justin se tenait près de moi, il braillait comme un âne. Sa voix dominait largement celles des autres. Ce n'est qu'après quelques minutes que j'ai remarqué le sac à dos gonflé à mort.
— Qu'est-ce t'as mis dans ton sac ? j'ai demandé entre deux clameurs orchestrées par Nina.
— *Ensemble nous sommes une force immense !*
— T'occupes, a répondu Justin, et il m'a fait un clin d'œil complice.
Sacha et Linda lui ont lancé un regard de biais alors qu'il tentait une nouvelle fois de bousiller ses cordes vocales en reprenant un slogan mégaphoné par Nina. Ils ne l'aiment pas, Justin. Sacha ne m'en a jamais parlé ouvertement, mais je sais qu'il s'en méfie. Linda, d'instinct, ne l'approche qu'à distance raisonnable. Justin fait cet effet-là presque à tout le monde, mais, dans le fond, c'est un brave garçon quand on le connaît un peu mieux.
— Y sont où tes copains ? T'es pas avec eux ?
J'étais quand même mal à l'aise de le savoir en tête du cortège avec nous. Pas certain surtout qu'il y soit pour les bonnes raisons.
— Cool, mec. Mes potes, y sont pas loin, y veillent…

La façon dont il l'a dit m'a fait dresser l'oreille, ou du moins ce qu'il en restait après une nouvelle salve de Nina :
— *Les terres meurent ! Les espèces disparaissent ! Les océans montent ! Et vous vous en fichez !*
— Écoute Justin, vous allez pas foutre la merde, hein ? Au cas où tu aurais zappé l'info, y a des flics…
Justin a eu un de ses sourires mauvais dont il détient le brevet.
— Du calme, mec. Fais pas dans ton froc… On gère grave les keufs...
Plutôt affolé par sa réponse, j'ai cherché des yeux Nicolas, Pierrot et surtout Joric, mais en vain. Ça sentait l'embrouille à plein nez. Justin, pour sympa qu'il est en général, peut de temps en temps péter une durite et partir en sucette. D'autant qu'avec ses potes, il se croit toujours en devoir de jouer au caïd.
— Nina, j'ai crié en lui donnant un coup de coude pour attirer son attention.
— Quoi ?
Son *quoi* s'est amplifié dans le mégaphone et il y a eu un moment d'étonnement parmi les lycéens, qui n'a duré qu'une seconde et tous ont alors hurlé *Quoi ?* à l'unisson. Nina s'est marrée et a enchaîné :
— *Sauvons les ours polaires, pas les actionnaires !*
— Sauvons les bourses scolaires, pas les grabataires ! a crié Justin, très fier de lui et de son détournement.
Nina l'a fusillé d'un regard assassin. Perso, j'étais étonné qu'il connaisse le mot *grabataire* et soit capable de faire des rimes.

— *Plate ou ronde, la Terre gronde !* a surenchéri Nina.
Justin allait en rajouter une couche mais je l'ai pris de court :
— Ferme-là !
— Le mec, il est fou de sa Nina…
Je n'ai pas relevé.
— *Si la planète sèche, nous aussi !*
J'ai repris le slogan de Nina pour ne pas avoir à répondre à Justin. La moutarde me montait au nez et je crois qu'il a pigé.
— J'vais r'trouver mes potes, z'ont de quoi fumer, ça m'changera des rageux dans ton genre…
Il s'est laissé décrocher de deux rangs vers l'arrière. Nous avons parcouru encore une centaine de mètres, puis nous avons tourné sur la gauche. J'ai aperçu une voiture de police garée à cheval sur le trottoir. Deux policiers étaient adossés contre la carrosserie, bras croisés sur la poitrine. Étaient-ils en mission ou là par hasard ? Ils ne semblaient pas très concernés par notre marche et causaient entre eux en nous observant d'un œil distrait. Nina, elle, était à fond.
— *Notre monde s'effondre, réagissez !*
Derrière nous, les jeunes suivaient, tranquilles, reprenant avec un réel enthousiasme les mots d'ordre de Nina. L'ambiance était bon enfant et festive. J'ai commencé à me relaxer. En fin de compte, mes craintes et mes nombreuses interrogations n'avaient pas lieu d'être. Nous manifestions pour une cause juste. Des passants nous applaudissaient. Des voitures klaxonnaient. Des gens au balcon nous encourageaient. J'étais à côté de Nina. Plus je l'observais et plus j'aimais cette fille. Nous n'en avions

plus que pour trois-quarts d'heure environ avant de parvenir place de la République. Quand soudain, j'ai aperçu les deux policiers se précipiter dans notre direction. Nina ne les a remarqués qu'au dernier moment, quand ils ont été en face de nous. Ils se sont approchés. Nina portait le mégaphone et je suppose qu'ils ont jugé qu'elle devait être la responsable de la manifestation.
— Y font quoi les jeunes là derrière ? lui a demandé l'un d'eux.
Le cortège a ralenti. Les flics reculaient en faisant gaffe de ne pas trébucher.
— Quoi ? a fait Nina.
Elle avait encore oublié de couper le son du mégaphone, les lycéens ont repris en chœur et sans hésitation cette fois : *Quoi ?* Les deux policiers ont sursauté. Le plus grand a parlé dans une sorte de *talkie-walkie* relié à son plastron par un fil torsadé. Je n'ai pas saisi ce qu'il disait. L'autre a tendu le bras vers l'intérieur du cortège.
— Ceux-là ! Deux rangs derrière vous ? Ils font quoi ?
Nina s'est retournée pour voir de qui il parlait. Moi aussi. Dès cet instant, j'ai pressenti que les choses risquaient de mal tourner.

*

Des doigts se glissent entre les miens. Une main étreint la mienne. Je suis debout, les jambes écartées, le souffle haché. Je peine à respirer après cette interminable course. Nina... Nina est là. Elle aussi hors d'haleine, mais bien là. Comment ai-je pu l'ignorer ? Courir tout ce temps sans m'apercevoir qu'elle était à mes côtés ?

— J'ai bien cru que je n'arriverais pas à te suivre. Heureusement qu'ils étaient après nous et que j'avais le feu aux fesses... murmure-t-elle.
Elle sourit, comme si son aveu l'amusait. Un sourire lumineux, tandis qu'une fine couche de sueur reluisante nappe son visage et le fait rayonner dans cette impasse lugubre. D'un bref coup de menton, elle me les désigne. Ils sont trois, ils s'approchent. Leurs rangers sonnent désagréablement sur la chaussée. Nous sommes coincés. Les événements qui nous ont conduits jusqu'ici défilent soudain devant mes yeux.

*

Le cortège a cessé de progresser. Joric le remontait au pas de course. De leur côté, Pierrot et Nicolas attendaient la consigne et surveillaient les abords. Des voitures de police ont surgi sirènes hurlantes. Les CRS qui se tenaient à l'écart ont à leur tour remonté le cortège. En quelques minutes, il y a eu une quantité non négligeable de flics qui nous barraient la route.
— Un problème, messieurs ? a demandé Joric, qui s'est immédiatement porté à la hauteur du gradé des CRS.
Ce dernier ne lui a pas répondu. Son attitude était bien différente de celle affichée au début de la manifestation.
Les deux policiers qui nous avaient interpellés ont tenté de s'infiltrer dans le défilé et de se diriger vers Justin et ses potes. Nous avons instinctivement resserré les rangs dans un élan que je qualifierai de grégaire et de stupide. Si nous les avions laissés faire, peut-être que les événements auraient pris une tournure différente.

Un instant plus tôt, Justin gratifiait ces deux mêmes flics d'un doigt d'honneur éloquent. C'était idiot, c'était Justin... Des joints grand format vissés dans les bouches de certains lycéens excités, voilà ce qui les a alertés quand ils étaient adossés à leur voiture avec une feinte nonchalance, puis déclenché le début des hostilités. Bêtise, beuh et fanfaronnades, les ingrédients de base de l'embrouille.
— Il est malade ce mec ! a dit Nina, tandis que les deux flics poussaient fort pour s'ouvrir, mais en vain, une brèche.
— Merde, Justin ! j'ai crié, et il a fait un pas de danse, content d'être le centre du monde, comme si la situation le mettait en joie.
Autour de lui et des provocateurs, un périmètre de sécurité s'est instantanément établi. Tandis que Joric parlementait en vain avec les CRS, Justin a retiré son sac à dos pour le poser entre ses pieds. Les autres l'ont imité. Ils les ont ouverts et ont farfouillé à l'intérieur. On se serait cru dans une série télé. Visiblement, ces types savouraient leur heure de gloire, les imbéciles. Ils en ont sorti des masques noirs sur lesquels était dessinée une mâchoire blanche de squelette, puis des gants et des casques de motard, qu'ils ont enfilé avec force démonstration.
— Faites pas les cons ! a crié Joric en les voyant agir.
Les CRS dressaient déjà leurs boucliers et déployaient leurs matraques télescopiques.
— Attendez ! les a suppliés Joric. Ce ne sont que des gosses !

Notre marche pour le climat, pour pacifique qu'elle s'était voulue, virait à l'affrontement. Nicolas et Pierrot ont rejoint le père de Nina. Ils observaient, perplexes, la suite des événements en attendant, le cas échéant, d'intervenir. Finalement, les renforts de police arrivés sur place se sont frayé un chemin en passant entre Nina et moi. Ils ont suivi Joric pour qui l'urgence était de ramener Justin à la raison. Dans le cortège, comme s'il s'était agi d'un signal, ç'a été aussitôt la débandade. Les pancartes ont volé, des cris ont fusé, les lycéens ont pris leurs jambes à leur cou et ont fui dans tous les sens en engendrant une confusion extraordinaire. J'ai aperçu Justin avec une barre de fer à la main. Il moulinait ferme en hurlant des insultes aux flics. Il les défiait. Les autres, eux, pas en reste, balançaient des pierres piochées dans les sacs à dos sur des CRS qui se protégeaient avec leurs boucliers. Il n'avait fallu qu'une poignée de secondes pour que la manifestation dégénère en bataille rangée.

*

— Vous deux, vous restez tranquilles.
Je reconnais le gradé, celui avec qui Joric négociait. Il est entouré de deux de ses collègues. L'impasse est une nasse, nous sommes pris au piège avec Nina. Sa main enserre toujours la mienne.
— Bon, ben je crois qu'on est mal, commente-t-elle, d'un ton faussement amusé.

*

Les CRS ont chargé dans le tas, bousculant, renversant, frappant tout ce qui était à portée sur leur passage. Nina, violemment bousculée, est tombée sur les fesses, le

mégaphone a valdingué à cinq mètres d'elle, la poignée a explosé en percutant le sol. Le porte-voix a émis un larsen strident avant de rendre l'âme. Une pierre m'a frôlé, me manquant de justesse. Joric levait les bras en l'air dans une ultime tentative de stopper l'inévitable. La matraque d'un flic l'a cueilli sur l'arête de l'arcade sourcilière. J'ai vu le sang gicler et Joric fléchir sur ses jambes. Pierrot et Nicolas, qui s'étaient lancés à leur tour dans la mêlée, ont voulu l'aider à se maintenir debout mais ont été ceinturés par deux policiers et immédiatement mis à terre par une balayette qui les a fauchés à hauteur des chevilles. Un genou entre les omoplates, les bras tirés et pliés douloureusement en arrière, tous les deux ont eu les poignets menottés de force.
— Papa ! a hurlé Nina.
Elle s'est relevée d'un bond.

*

— Vous restez calme et tout ira bien. Inutile de jouer aux héros, les jeunes. La fête est finie. Mettez-vous à genoux, les bras dans le dos et les mains croisées derrière.
Le gradé s'avance avec prudence dans l'impasse, suivi de près par ses acolytes.
— Tristan ?
Nina approche son visage du mien. Nous ne sommes plus qu'à quelques centimètres l'un de l'autre.
— Oui.
Ma voix n'est qu'un filet à peine audible. J'ai peur. Horriblement peur.
— Merci pour tout à l'heure.

Elle pose un baiser sur mes lèvres. Un baiser fugace, juste le temps de sentir le contact doux de ses lèvres sur les miennes. Quelque chose comme le frôlement d'une aile de papillon.

*

Tout à l'heure... quand elle s'est élancée vers Joric qui se tenait la tête à deux mains, du sang fluant entre ses doigts. Un CRS l'a attrapée par la taille et soulevée du sol, si bien que ses pieds ne touchaient plus terre. Étrangement, personne ne s'occupait de moi. J'étais hébété, saisi d'effroi et comme paralysé.
— Toi, mignonne, tu vas voir !
Ai-je distinctement entendu le CRS dire ça ? Me suis-je fait des idées ? Toujours est-il que le flic a renversé Nina dans une espèce de mouvement de judo, une sorte de *Ippon-Seoi-Nage* de circonstance. Elle s'est retrouvée une nouvelle fois par terre, mais avec un homme en uniforme sur le dos qui déjà tentait de lui passer des menottes. Plus loin, Justin était encerclé par un groupe de policiers et se défendait comme un beau diable avec sa barre de fer qu'il faisait virevolter au-dessus de son casque de motard. Ses copains avaient fui, laissant leurs sacs à dos sur place, ainsi qu'un petit tas de pierres inutilisées. Trois d'entre eux avaient été arrêtés et conduits manu militari vers un véhicule de police à l'intérieur duquel ils ont été littéralement jetés comme de vulgaires sacs de patates.
— Nina ! j'ai hurlé de toutes mes forces.
Le CRS a tourné la tête et levé une main pour m'enjoindre de ne pas bouger, pointant un index menaçant vers moi. Nina a profité de ce moment d'inattention pour lui

balancer son genou droit dans les parties, version casse-noisettes. Le type a sursauté, sa mâchoire s'est contractée mais il n'a pas lâché sa prise pour autant. Au contraire, il a envoyé son poing dans la poitrine de Nina qui a crié de douleur. Mon sang n'a fait qu'un tour. Je me suis rué sur le CRS sans réfléchir, mué par une rage aussi soudaine que violente. Un véritable saut de l'ange, comme si je plongeais dans une piscine. J'ai atterri sur lui et nous avons roulé ensemble sur le côté. Au même instant, à une dizaine de mètres de moi, j'ai entendu une détonation. J'ai eu le temps de voir Justin s'effondrer, atteint par un tir de taser. Les flics se sont précipités sur lui et l'ont neutralisé. Ils étaient au moins cinq à le tenir en respect. En tombant par terre, la barre de fer a résonné d'un bruit métallique d'une clarté hallucinante, tandis que sous moi le CRS se débattait. Nos regards se sont croisés l'espace d'une fraction de seconde. J'étais assis sur lui et, pour la première fois de ma vie, j'ai frappé quelqu'un. De toutes mes forces. Avec le poing fermé, sur l'arête du nez. J'ai entendu le cartilage se briser, l'homme étouffer un cri et le sang a jailli en gros bouillons de ses narines. Je ne sais pas lequel de nous deux a été le plus surpris. Nina était déjà debout sur ses deux jambes, les cheveux en bataille et les yeux remplis d'épouvante.
— Attention ! Tristan !
D'autres CRS fonçaient sur moi pour porter secours à leur collègue. J'ai reconnu le gradé qui criait un ordre. Le gars que j'avais frappé était momentanément groggy, ses yeux roulaient dans leurs orbites. J'en ai profité pour lever le camp et partir au triple galop, au hasard, avec les flics aux

trousses, sans me rendre compte que Nina m'avait talonné dans ma fuite.

*

— Suis-moi et fonce !
Je n'en crois pas mes oreilles. Moi, Tristan, je viens de prononcer cette phrase. Juste après que l'image d'Hector, mon grand-père, et de Rolande, ma grand-mère, m'a traversé l'esprit. Mai 68. Rolande m'a raconté. Son échappée folle avec le bel inconnu. Son Hector. Leur rencontre et le début de leur amour. L'histoire se répète-t-elle ? Je serre très fort la main de Nina. Nous n'avons pas besoin de davantage pour nous comprendre. Nous sommes déterminés, mais si nous tergiversons plus longtemps, mon courage va fondre comme neige au soleil.
— Faites pas les idiots, les mômes, sinon vous allez déguster… prévient d'une voix ferme le gradé.
A-t-il anticipé notre intention ou cherche-t-il simplement à nous intimider ?
— Suis-moi et fonce, je répète cette fois doucement à Nina, comme une prière dite à mi-voix ou le premier vers d'un poème à écrire ensemble.
Les CRS brandissent leurs matraques et s'interposent en se déployant tant que possible sur toute la largeur de l'impasse. Le gradé dégaine sa bombe lacrymo. Un autre son taser. Ils nous attendent de pied ferme.
Nina donne l'ultime impulsion.
Nous chargeons.
Main dans la main.

Du même auteur (sélection non exhaustive, intégralité à retrouver sur www.christophe-leon.fr) :

Littérature Jeunesse:
Longtemps, L'école des loisirs, coll. « Neuf », 2006
Pas demain la veille, éditions Thierry Magnier, 2007
La guerre au bout du couloir, Thierry Magnier, 2008
Silence, on irradie, éd. Thierry Magnier, 2009
Granpa', éd. Thierry Magnier, 2010
Délit de fuite, La Joie de Lire, coll. Encrage, 2011
Le goût de la tomate, éd. Thierry Magnier, coll. Petite Poche, 2011
La balade de Jordan et Lucie, éd. L'école des loisirs, coll. Medium, 2012
Mon père n'est pas un héros, éd Oskar, coll. Court Métrage, 2013
X-RAY la Crise, éd. La joie de lire, coll. Encrage, 2014
Embardée, éd. La joie de lire, coll. Encrage, 2015
Les mangues resteront vertes, éditions Talents Hauts, coll. Les Héroïques, 2016
Et j'irai loin, bien loin , éd. Thierry Magnier, coll. Grand Roman, 2017
La vie commence aujourd'hui, éd. La joie de lire, coll. Encrage, 2018
L'Île, Oskar éditeur, coll. Suspense, 2019
Black Friday, éd Le Muscadier, coll. Rester Vivant, 2020
Les dernières reines, (co-auteur Patricia Vigier), éd. Le Muscadier, coll. Rester Vivant, 2021
Baba !, éd. La joie de lire, coll. Encrage, 2021
Missié, éd. D'Eux, coll. Hors collection, (illustrations Barroux), 2022
Tag, éd. Le Muscadier, coll. Rester Vivant, 2023
#StopAsiaHate, (co-auteur Patricia Vigier) éd. Le Muscadier, coll. Rester Vivant, 2024
L'affaire Ryan Lacombe, collection Polar, éd. Oskar, 2024

Littérature Générale :
Tu t'appelles Amandine Keddha, Le Rouergue, coll. « La brune », 2002
Palavas la Banche, Le Rouergue, coll. « La brune », 2004
Journal d'un étudiant japonais à Paris, éd. du Serpent à plumes, 2007
Beaux-arts, col, Fulgurances, éd. du Somnambule équivoque, 2008
Noces d'airain, éd Arhsens, 2008
ZAD, (co-auteur Julie Jézéquel) éd. JDH, coll. Nouvelles pages, 2021
FRANS 68, éd. Ramsay, coll. Littérature Roman, 2021
L'insurrection impériale, éd. Le Muscadier, coll. Le Muscadier Noir, 2023

Imago, éd. Ramsay, coll. Littérature Roman, 2023

Adaptation audiovisuelle :
Délit de fuite, adaptation télévisuelle du roman éponyme pour France 2 (1re diffusion 2012, réalisateur Thierry Binisti, acteurs principaux : Éric Cantona, Mathilda May

© 2024 Christophe Léon
Édition : BoD • Books on Demand GmbH, In de Tarpen 42, 22848 Norderstedt (Allemagne)
Impression : Libri Plureos GmbH, Friedensallee 273, 22763 Hamburg (Allemagne)
ISBN: 978-2-3224-9610-5
Dépôt légal : novembre 2024
Photos : Image d'illustration de master1305 sur Freepik
Première parution : © 2022 éditions Alice ISBN 9782877264900

Loi n°49-956 du 16 juillet 1949 sur les publications destinées à la jeunesse, modifiée par la loi n°2011-525 du 17 mai 2011.